千両首

風魔小太郎血風録

安芸宗一郎
Aki Soichiro

文芸社文庫

目次

プロローグ

京都祇園の料理茶屋「伊勢浜」の一室――。

派手な紋繻子で身を包み、烏帽子を被った公家がひとり。

その向かいには隙のない堂々とした物腰、盛り上がった肩、筋張った腕はかなりの兵法者と思える侍が座っている。

なんとも祇園に不釣り合いな二人組の男が、酒を酌み交わしていた。

ふたりが顔を合わせて一刻あまりが過ぎ、ちょうど五つの鐘が鳴ったとき、侍は思い立ったように杯の酒を飲み干した。

「そろそろ次の座敷の時刻であろう――」

侍はなぜか、全身から「出ていけ」とばかりの殺気を発し、袂の裡から取り出した五枚の小判を芸妓たちの足下に投げつけた。

芸妓たちは慌てて踊りを辞めると小判を拾いあげ、そそくさと部屋を出た。

目を閉じ、耳を澄ませた侍は、芸妓たちが階下に降りた気配を察すると、待ちかねたようにいった。

「桃園様、そろそろ本題に入りましょうか」

桃園と呼ばれた男は桃園冬恒。

武士から堂上家と呼ばれる公家には、摂家、清華家、大臣家、羽林家、名家、新家という順番で厳格な家格があり、中でも位階が三位以上、官職が参議以上に就いている者を公卿と呼び、それ以下の者を平堂上と呼んで区別する。

桃園冬恒も顔を白塗りにしてはいるが、桃園家は五十年ほど前に幕府に成立を認められた新家に過ぎない知行百石という最低位の公家で、五摂家と比べればまさに月とスッポンの貧乏公家だった。

にもかかわらずこの男の持ち物や身形が、家格や知行に不釣り合いな豪華絢爛さなのは、この男は余人にはわからぬ裏の顔があることを物語っていた。

「景山はんは、誤解しておるようやな」

「誤解？」

尾張藩甲賀組組頭の景山無月は、口元に杯を運ぶ手を止めた。

鬢に白いものが目立つところを見ると、おそらく年齢は五十絡み。

「あのな、天魔法皇様のお望みは、朝廷と幕府がより一層手に手を取って世を治める公武合体なんや」

「ほう、百十二代として皇位につかれるや、帝の権威を振りかざし、気に入らない朝廷高官を粛清したかと思えば、武家政権によって封印されてきた朝儀を次々と再興させた霊元法皇が、公武合体などという言葉をご存知とは」

「なにが次々と朝儀復活や」

「石清水八幡宮の放生会、皇太子冊立の儀、大嘗祭、そして賀茂祭を復活されただけではご不満か」

「ええか、朝儀ゆうのは金がかかるもんなんや。それなのに幕府は朝儀を復活させておきながら、その費用の支出は渋りおったんや。おかげで公家は朝儀の資金を上納させられ、しかも朝儀は簡略化されて不備だらけ……」

「朝儀に関わった人々へ支払われる下行も雀の涙」

「そうや、なんとも貧乏くさい話や。これでは帝への不満が高まるばかりで権威もなにもあったもんやない。それもこれも、すべて徳川にべったりの邪臣、近衛基熙が悪いんや」

「関白近衛基熙様は六代将軍家宣様の御台所照姫様、天魔法皇の孫であらせまする中御門帝の女御の父上。いまや将軍家と朝廷を取り持つ、公武合体の要ともいわれる人物。滅多なことを口にされるものではありませぬ」

「ふん、悪を悪、外道を外道といって何が悪いんや。天魔法王様が関白を許した思うたら、大間違いやで」

桃園冬恒は天魔法皇こと霊元法皇の側近にもかかわらず、関白を口汚く罵り、悔しげに歯ぎしりを始めた。

関白近衛基熙が月なら、桃園冬恒は下の下のスッポン、法皇の威を借る野良猫のようなものだが、こういう男だからこそ帝の前では歯の浮くような美辞麗句を連発し、下僕のように仕えることができるのだ。

公家も武家も身分社会であることは一緒だが、農民の倅だった秀吉が天下を取れるのも武士の世界。

いかなる天変地異が起ころうが、絶対に身分が変わることのない公家社会の底辺で生きる、最下級の公家が腹の底に抱えている不満と果てしない欲望は、侍の景山には理解しようのない暗黒に思えた。

そんな桃園冬恒に吐き気すら憶えた景山無月だったが、こういう男がいればこそ、悲しくなるような端金で世の中がひっくり返ることもあるのだ。

景山無月は桃園冬恒の前に、いかにも重たげな三方を差し出した。

三方にかけられた袱紗を取ると、山吹色に輝くむき出しの小判三百両が姿を現した。

「桃園様、あまり多くを申されるな。我が殿の満願が成就した暁には、朝儀再興はもちろん、今は三万石の禁裏御料を六万石に倍増させ、百三十四家に及ぶ公家への知行も、七万石に加増することをお約束されております」

　三方に積まれた山吹色の黄金に、桃園冬恒の喉が何度も鳴った。

「景山殿、尾張様が紀州家に奪われた、将軍の座を取り戻されたい気持ちは十分に理解しているつもりでおじゃる。だがその尾張様が、江戸から遠く離れた京の、しかも同じ公家にもかかわらず、摂政家から『凡下』と見下される我らに、いったい何をお望みなんや」

「いにしえより、帝と朝廷を守護してきた忍軍、丹波村雲党にござる」

「はあ？　村雲党？　なんのことや……」

「桃園様っ、それがしを謀るおつもりかっ！」

　無月は声を荒らげた。

「た、謀るなんて……丹波村雲党は、応仁の乱を機に全国の大名の元に……」

「丹波村雲党は聖徳太子の昔より、帝と朝廷に仕えてきた忍軍。一度たりとも、武家に仕えたことなどありませぬ」

「そ、それは……」

「四代家綱様で将軍家の大統が絶えるや、五代将軍綱吉様以降、将軍家では嫡男の不可解な死が相次ぎ申した。その死の裏に、丹波村雲党の暗躍があったこと、我らが知らぬとでも思っておるのか。桃園様がそういうおつもりなら」

無月はニヤリと不敵な笑みを浮かべ、桃園の前に置かれた三方に手をかけた。

「ちょ、ちょっと待ってえな。景山殿には敵わんわ。確かに丹波村雲党は、源頼朝が鎌倉に幕府を開き、朝廷から権力を奪ったのをきっかけに、商人に身を変えて京の市井にまぎれながら、公家御用達の豪商として戦国の世も生き抜いてきたんや」

「生き抜いたとは笑止。大名どもに鉄砲を売る武器商人として、武家と民百姓の生き血を吸ってきただけ……」

「ふふふふ、それもこれも、帝と朝廷がこの世を生き抜くためよ。して景山殿、その丹波村雲党に何をしろというんや」

桃園冬恒は酷薄そうな薄い唇の隙間から、不気味なお歯黒を覗かせた。

「その前に、なにゆえ丹波村雲党は島原遊郭から手を引き、祇園の茶屋町に本拠を移したのか、その理由を教えていただこう」

「理由？　簡単なことや、島原の役目が終わったまでのことや」

「役目？」

「これまで朝廷はな、地域を開発する際に、要の商いとして遊郭を使ってきたんや。だが徳川の世となり太平が続いたおかげで、この京は墓守の都に落ちぶれてしまったわけや。しかも五代綱吉が死ぬと、元禄の時代からは考えもつかぬ贅沢禁止が続き、おかげで島原遊郭には閑古鳥が泣きわめく始末や。こうなると、廓を仕切っていた丹波村雲党といえどもお手上げや。島原遊郭の見世の権利が売れるうちに売り、その金で祇園に茶屋を開き、秘密が好きな京の民に茶屋遊びを流行らせたまでのことや」

桃園冬恒はいかにも高級そうな、金無垢の長煙管の雁首を煙草盆の火種に寄せた。

「しかし廓遊びと茶屋遊びでは、使う金の桁が違います。丹波村雲党からお公家の皆様に払われるお手伝い金も減り、さぞやお困りではありませぬか」

「それはそうや。元禄の世が懐かしいわ……」

「では申し上げましょう。丹波村雲党に江戸の吉原遊郭を手中にしていただきたい」

今度は無月がニヤリと笑った。

「よ、吉原って、あそこは風魔の根城や。その風魔から吉原を奪えやて？」

「贅沢禁止といえども、吉原の売り上げは今も一日千両を下りませぬ。風魔はその利益を元に札差しから居酒屋まで、江戸で数百の店を経営しているのです」

「そうらしいなあ。うらやましい話やわ」

「風魔の手からその吉原遊郭を奪えば、京のお公家にとっても、丹波村雲党にとっても願ってもない話でしょう」

「景山殿は簡単にいうが、我ら京の民から見れば、風魔は甲賀でもなければ伊賀でもない、いわば東国の夷狄の忍びや。奴らのことのなど何も知らんし、なんの手だてもないんや。その風魔の本拠地の吉原に、どうやって……」

「それは桃園様が知らぬだけのこと、丹波村雲党も同じとはいえますまい」

「そ、それはそうやが……」

「我らが手の内に、風魔の息がかからない品川の引き手茶屋と、吉原に切り見世がありますので、まずはそこを拠点にしていただきます」

桃園冬恒はどこか無月を馬鹿にしたような表情で天を仰ぎ、突拍子もない無月の提案に首を傾げながら柏手を叩いた。

すると音もなく襖が開き、その場に男が平伏していた。

男は商人風だが、いかにも高級そうな羽織の下から異様な気を発している。

無月は男の発するただならぬ殺気に身構えた。

「景山殿、この者があんたの会いたがっている丹波村雲党の統領、伏見屋陣内や」

「伏見屋陣内にございます」

面を上げた陣内がいった。

「尾張藩甲賀組組頭の景山無月にござる」

「陣内、話は聞いておったな。お前はどう思う」

「もう少し詳しく、無月様のお話を伺わせていただければと思いますが」

「さよか。ではお前も中に入れ。景山殿、よろしいかな」

桃園冬恒は、再び不気味なお歯黒を覗かせて笑った。

第一章　共食いの果てに

一

明け方近く――。

冬の到来を告げる冷たい風が、東海道に散った落ち葉を舞い上げた。

夜明け前の品川宿は静まり、七つ発ちで西に向かう商人がちらほらと姿を見せはじめているが、ほとんど灯りもない闇に包まれていた。

だが品川宿一番の引き手茶屋「芝浜屋」の二階にある南側の角部屋だけは、なぜか煌々と明かりが灯っていた。

「兄貴、なにやら江戸では、死んだはずの風魔が蠢きだしとるっちゅう噂、上方にも届いてまっせ」

右頬の大きな刀傷が目立つ狐目の男は、向かいに座る恰幅のいい中年男を上目遣いでみた。

狐目の男は大坂の中堅博徒、岸和田一家を仕切る親分の周五郎だ。

一方、兄貴と呼ばれた恰幅のいい中年男は、江戸の内藤新宿を根城にする角筈一家の親分、念仏の我次郎だった。

この男の仇名は、我次郎が喧嘩相手にとどめを刺す際、眼前に左手を立てて「南無阿弥陀仏」と念仏を唱える癖からついたが、その性格は金に汚く陰険で残酷。

渡世人にもかかわらず仁義もなければ人情もなく、ひたすら金と女にだけ執着する、江戸ヤクザ界一の鼻つまみものだ。

「おう、兄弟。いまさら風魔なんかどうでもいいだろう。俺はお前さんが望んだ通り、品川の鬼辰一家の仁蔵を始末してやったんだ。これでお前さんたちの江戸進出は確実になったんだからよ、くだらねえご託を並べる前に、礼のひとつもあってもいいんじゃねえのか」

我次郎は不愉快そうにいった。

角筈一家と岸和田一家は江戸と大坂に縄張りが分かれるが、ともに百人以上の博徒を抱えるヤクザで、先代親分同士が兄弟杯を交わしていた。

東西のヤクザが手を結ぶなど滅多にあることではないが、我次郎と周五郎の女房が姉妹という縁もあり、五年前に我次郎が一家の跡目を継いだのを機に、周五郎と兄弟杯を交わしたのだ。

「気がつかんですんまへんでした。兄貴、この通りですわ」

周五郎はその場で両膝に手を置き、ペコリと頭を下げた。

「わかりゃあいいんだよ」

「それにしても兄貴、八代将軍の徳川吉宗というお人はいただけまへんで。幕府の財政が苦しいんやから、武士に贅沢を禁止するのは当然やが、なんで町人まで付き合わされなあかんのや」

「しかも吉宗って野郎はな、ことのほか売春と博打を嫌いやがり、俺たちが飯の種にしている遊女屋と賭場を徹底的に取り締まってやがる。おかげで江戸に五十以上もあった博徒の一家はよ、しのぎの道を閉ざされちまい、存亡の危機に追いやられちまったんだ」

追い詰められた一家の多くは、取り締まりの緩い東国に活路を求め、それが叶わぬ一家は解散するしかなかった。

「江戸のヤクザ一家が二十あまりに半減したのは、そういうわけだったんや」

「ああ、だけどよ、そこからが凄まじかったんだ。俺たちは生き延びるために、飢えた狼のように血で血を洗う激烈な抗争を繰り返し、縄張りの拡大に躍起になったんだ」

そんな江戸のヤクザの混乱状況はすぐに全国に知れ渡り、将軍のお膝元の江戸に比べて取り締まりが緩い西国や上州では、この機に乗じて江戸進出を目論む一家も現れだした。

中でも大坂を根城にする岸和田一家の周五郎は、いち早く兄貴分の我次郎に千両箱を持参して江戸に現れ、「品川宿を手に入れたい」と直談判してきたのだ。

甲州街道を控える内藤新宿が根城の我次郎にとって、遠く離れた品川は縄張りにしたところで管理もむずかしくどうでもよかった。

とはいえ品川の鬼辰一家を潰せば、ヤクザとはいえ江戸制覇が実現する。

しかも、その品川を弟分の周五郎に任せれば、西からの脅威にも対応できる。

欲に目が眩んだ我次郎は周五郎の要望通り、即座に鬼辰一家の親分と跡目候補となっていた代貸しを闇討ちして始末し、品川の縄張りを手中にした。

だが実際に品川を手中に収めてみると、もともと欲深で金に汚い我次郎は、それを周五郎に譲ることが惜しくなった。

なぜなら一口に大坂の博徒が江戸に進出するといっても、呉服屋が江戸に出店を出すのとはわけが違う。

岸和田一家が品川の縄張りを手中におさめたとしても、縄張りを仕切るためにはその勢力を二分させなければならないのだ。

ヤクザのシノギが厳しいのは江戸も大坂も同じこと。

本拠の大坂から半数の五十人もの子分を江戸に移せば大坂の本拠は手薄になり、他の大坂のヤクザ一家に縄張りを奪われたとしてもおかしくないのだ。

我次郎には、そんな危険を冒してまで、江戸進出を目論む周五郎の気持ちがわからないし、だからこそ周五郎は何かを隠していると疑っていたのだ。

「さあて、夜明けも間近だ。それじゃあ俺たちが、今後、江戸の闇をどう取り仕切るかの相談といこうじゃねえか」

我次郎は頭を下げた周五郎を横目で見ると、ニヤリと意味深な笑みを浮かべて杯の酒を舐めた。

「兄貴、一応確認なんやが、江戸を取り仕切っているヤクザは、品川の鬼辰一家、本所の天神一家、内藤新宿の角筈一家、千住の毘沙門一家、板橋の天神一家の五つで間違いないんでっしゃろな」

「そうだったかな」

とぼけた我次郎は、持っていた杯の酒を呷った。

「兄貴、よくゆーわ。上方では新将軍のおかげで、江戸は角筈一家と鬼辰一家の天下になったたっちゅうのが、もっぱらの評判だったんやで。その鬼辰一家を兄貴が潰したんやから、江戸は兄貴の天下ということやないけ」

周五郎は我次郎の杯に酒を満たした。

「一応はな。だがよ、俺が江戸を牛耳ることになったからって、途端に抜け目のねえ隣国や西国のヤクザが、江戸進出を狙い始めやがった。そんな他国のヤクザの動きを察した町奉行所は、すぐさま甲府と箱根にまで手を回し、関所を通る西国のヤクザに目を光らせ始めたんだ」

「そうやろな」

「だが、奉行所の同心を関所に派遣するといってもタダじゃねえんだ。奉行所だって台所事情が悪いのは一緒。いつくるかもわからねえ他国のヤクザのために、いつまでも無駄な金は使えるわけがねえ。だから俺が、ちょいと噂を流してやったら、すぐに真に受けてやがった」

「噂?」

「角筈一家が西のヤクザから江戸の縄張りを守るために、百人もの食い詰め浪人を雇い、江戸に侵入した西のヤクザは、誰彼かまわず叩っ斬るって噂だよ」

「兄貴、ええ加減にしいや」

「まあ、聞けや。その噂を聞いた奉行所の奴らは案の定、ここぞとばかりに関所から手を引きやがった」

「だから儂らが、何の咎めもなく関所を通れたというわけか」

「そういうこと。奉行所は西国からきたヤクザは俺たちに殺させ、頃合いを見て一家を叩き潰そうって腹なんだろうが、俺とお前さんの間でとっくに話ができているとは夢にも思っていねえ。それに気付いたときには、後の祭りというわけよ」

我次郎は自分の描いた絵図面通り事が進む現実に、笑いが止まらないといった表情で杯の酒を飲み干した。

「さすが兄貴、たいしたもんや」

周五郎も満足げに頷いた。

「大坂や京の縁も所縁もねえヤクザに、このお江戸を荒らされちゃあたまらねえ。それなら品川はハナから弟分のお前さんにまかせ、俺たち角筈一家は内藤新宿と千住、板橋の三宿と本所を取り仕切り、上州への進出を狙う。当然の話だろう」

「せやな。江戸のヤクザにしてみりゃ、駿府、名古屋を越えて京や大坂を狙うより、江戸と関八州の地盤を固めるほうが、遙かに多くの利が望めるっちゅうもんや」

周五郎の話に、我次郎はニヤリと笑った。

「まあそういうことで、ここはしばらく、俺のいうことに従ってくれ」

「それはそうや。だがなあ……」

「なんだ周五郎。なにか不服でもあるのか」

「不服なんてあらしまへんがな」

周五郎は我次郎の腹を見透かしてでもいるかのように、意味深な笑みを浮かべた。

「そうかな。品川にくるなりいきなり、店の遊女どもに阿片を吸わせ、吉原に繰り出したのはどういうわけだ。まだ金の支払いも終わってねえんだぜ」

「兄貴、金の支払いも終わってねえって、ちょっと待ってえな。兄貴にはとっくに千両渡したはずやで」

「確かにな。だがそれは品川を縄張りにする権利金みてえなもんだろ。俺が鬼辰から奪った『芝浜屋』と吉原の『白菊楼』を誰がただでやるといった」

「あ、兄貴、それはないで」

「おいっ、『芝浜屋』と吉原の『白菊楼』の二軒で千両。ビタ一文、まからねえぜ」

我次郎は声を荒らげた。

「せ、千両って、この『芝浜屋』はともかく、『白菊楼』は吉原ゆうても、線香一本百文の切り見世やないけ。しかも場所はお歯黒どぶ沿いの浄念河岸ときてる。客だって貧乏人の浅黄裏ばかりや」

「嫌なら、別に買ってくれなくてもいいんだぜ。買手はいくらでもいるんだからよ」

「兄貴、あんた『芝浜屋』と『白菊楼』の、本当の持ち主を知らんのか」

「ああ、俺の知ったこっちゃねえな」

「兄貴、あの店は元々尾張様のもので、鬼辰一家は店の経営を任されていただけなんやで」

「バーカ、御三家が岡場所や遊女屋なんか、するわけがねえだろうが。それより千両出すのか出さねえのかはっきりしやがれ」

「わかった、十日、十日だけ待ってえな」

周五郎は不服げに横を向いた。

「わかりゃいいんだよ。そうと決まれば、お前さんが何をしようと俺がいうことはねえよ。だが周五郎、吉原はよ、お前さんが気にしている風魔の根城ってこと、忘れねえようにな。吉原に阿片なんか持ち込んだらどうなるか、お前さんだって覚悟の上なんだろうからよ。さあて、それじゃあ帰るとするか。十日後の約束、忘れるなよ」

我次郎はそういうと、杯を置いて立ち上がった。

あとは周五郎が吉原で大坂流の阿漕な真似を続け、風魔と揉めて潰されれば、それはそれで品川の縄張りが早く戻ってくるだけだ。

一挙両得とは、このことだった。

「兄貴がどう思っているか知らんけど、うちの一家はな、京の島原、江戸の吉原に並ぶ、大坂新町遊郭の瓢箪町で遊女屋をはらせてもらっとるんやで。幕府公認の郭の事情については、兄貴より詳しいつもりや。ま、風魔のことは近いうち、わてらが席を用意しまっさかい心配は無用や。これ、兄貴をお見送りせんかい……」

「周五郎。吉原はよ、大坂の遊女が平気で出入りできる、緩ーい遊郭とはわけが違うぜ。ま、そこまでいうなら、お手並み拝見させてもらおうじゃねえか」

不敵な笑みを浮かべ、我次郎は出口に向かった。

その背中を見送った周五郎は、脇にいた若衆に目配せした。

「我次郎、あの男は想像を絶するアホや。尾張様から手を引くように命が下ったにもかかわらず、駄々をこねて『芝浜屋』と『白菊楼』から手を引かん鬼辰を、儂らがあのアホに始末させたとも知らず、江戸の闇将軍にでもなったつもりなんや。あんなアホを生かしといたら、いずれ儂らも足を引っ張られることになるで」

「へえっ」

若衆は小さく頷くと、窓の障子を引いて隙間から階下を覗いた。

そして階下に向けて一度頷き、すぐさま我次郎の後を追った。

周五郎が障子の隙間から階下を見ると、「芝浜屋」と大書きされた提灯を持つ我次郎とふたりの手下が、順番に玄関を出るのが見えた。

「親分、大分、風が強くなってきたみたいです。帰りは海からではなく、金杉橋から古川を上って帰りやしょう」

玄関で周五郎の子分たちに丁寧に頭を下げた角筈一家の若衆頭美濃助はそういうと、舟を繋いだ品川橋に向かった。

品川橋は南本宿と北本宿の境に流れる目黒川にかかり、わずか二町あまりで目と鼻の先だった。

一町あまりいったところで、美濃助が突然立ち止まった。

街道筋にただならぬ気配が漂っていた。

「美濃助、そう急ぐことはあるめえ。こちとら酒が入ってるんだからよ」

「親分、そういわず急いで下せえ。新八、親分の荷物をお持ちしろっ！」

美濃助が若衆の新八にいったとき、左手の陣屋横町から一団の侍が飛びだした。

抜き身の大刀を持った浪人風の侍が三人、匕首を腰だめに構えたヤクザが五人、あっという間に我次郎たち三人を取り囲んだ。

「なんだ、手めえらっ！」

我次郎を庇うように進み出た美濃助が怒鳴った。

そして懐に隠し持った匕首を抜いた。

ほとんど同時に、新八も匕首を手に身構えた。

「先生方、よろしく頼んまっせっ！」

侍の背後にいた、小柄なたぬき面の男がいった。

「その上方訛り、まさか、岸和田一家のもんかっ！」

「うるさいわい、問答無用やっ！　先生方、早く片付けちまってやっ！」

たぬき面の声を合図に、大刀を抜いた三人の侍が進み出た。

上段、正眼、下段――。

それぞれの構えは違うが、三人が全身から放つ殺気はただ者ではない。

背筋も凍りそうな手練れの殺気に、殺し合いには慣れているはずの美濃助の膝がガクガクと震えた。

「キエーッ！」

気合一閃、右側にいた上段の侍が渾身の斬撃を繰り出した。

侍が放った兜割の一撃は、美濃助が差し出した匕首をはじき飛ばし、容赦なく美濃助の眉間に食い込んだ。

「美濃助っ！」

我次郎が叫ぶと同時に、新八が悲鳴を上げた。

「ぎゃっ！」

正眼に構えた大柄な侍の斬撃を受けた新八は、切断された両腕の切り口から鮮血を噴き出し、地面をのたうちまわっている。

新八の腕を斬った大柄な侍は、ニヤリと不気味な笑みを浮かべた。

そしてのたうちまわる新八に歩み寄り、その喉に狙いを定めて大刀を突き立てた。

それをみていた我次郎の前に、中央の痩せ侍が進み出た。

「くっ！　こ、これが大坂のやり方かっ！」

武器を身につけていない我次郎は、持っていた提灯を侍の前で激しく振った。

蝋燭の火が提灯に燃え移り、痩せ形の侍の顔が浮き上がった。

突き出た頬骨、糸のように細い目、顔の右側でひきつる四寸ほどの傷。

青白い細面の顔の右側が、ヒクヒクとひきつっている。

「念仏の我次郎、お前に恨みはないが、これも仕事だ」

痩せ形の侍はそういうなり、横殴りの斬撃を繰り出した。

我次郎は思わずのけぞり、紙一重で斬撃をかわしたが、還暦を迎えた肉体の衰えはいかんともしがたかった。

その場に尻餅をついた我次郎は、悲鳴を上げながら必死に両腕を顔前で交差させたが、痩せ形の侍は何の躊躇もみせず、大上段から二の太刀を振り下ろした。

大刀は我次郎の腕などものともせずに切り落とし、そのまま左耳から頭蓋に食い込んだ。

痩せ形の侍が気合とともに、一気に大刀を引いた。

袈裟に切断された我次郎の上体が、ズルズルと音をたてながら地面に滑り落ちた。

「お見事やっ！」

たぬき面の男のひと言に、三人の侍は大刀の血糊を懐紙で拭い、目にも止まらぬ早業で納刀した。

「約束は果たした。残りの三十両をさっさとよこせ」

たぬき面の男に振り向いた痩せ形の侍が、左手の親指を鍔にかけた。

「ちょちょちょっ、待ってえな。催促されへんでも、ここに用意してありまっさ」

痩せ形の侍は、たぬき面の男が差し出した金子を無言でつかみ取ると、

「おのおの方、長居は無用だ」

そういって踵を返した。

ふたりの侍もすぐさま痩せ形の侍の後を追い、江戸市中に向かう東海道の闇に消えた。

「おうっ、儂らも長居は無用や。とっとと『芝浜屋』に戻るで」

「へいっ」

声をそろえた四人の若衆も、たぬき面の男を追った。

二

蘭方治療院「良仁堂」の蘭方医風祭虎庵は、屋根から落ちて骨折した大工の治療を終え、洗った手を手拭いで拭きながら奥の居間に戻った。

そして革張りの長椅子に深々と身を沈めると、フウと一度だけため息をついた。

虎庵は卓上の煙草盆を引き寄せ、煙管にキザミを詰めた。

普通、あれほどの骨折をすれば、二度と二本脚で歩くことはできなくなる。

だが虎庵が施した治療は、上海のプロシア人医師から伝授された治療術で、元通りというわけにはいかないが、今日明日の高熱を乗り切りさえすれば、いずれ杖なしで歩けるようになるはずだった。

「三月《みつき》、いいか、三月のあいだ固定しておきさえすれば、必ず歩けるようになる。だから我慢するんだぜ……」

独り言のように呟いた虎庵が、ふと庭先の気配に目をやると、三人の若者が片膝をついていた。

吉原の総籬、「小田原屋」の印半纏を着た番頭頭の佐助、下谷広小路で「十全屋」という口入れ屋と岡っ引の二足の草鞋を履く仁王門の御仁吉、御仁吉の配下で戦国時代の武芸者を思わせる下駄顔がおかしい亀十郎。

いずれも虎庵が、十代目風魔小太郎襲名を機に護衛役に任じた、風魔の二十代若手幹部で、十手を預かる御仁吉以外は下谷の良仁堂に常駐していた。

「よう、御仁吉が一緒とは、珍しい取り合わせじゃねえか。まあ、上がれや」

虎庵の声に三人は音もなく座敷に上がり、長椅子に並んで腰掛けた。

「先生、このところ江戸で、妙なことが起きてるみてえなんです」

佐助が口を開いた。

佐助は身の丈五尺七寸あまりで、虎庵に比べると二回りほど小柄だが、風魔の幹部らしく身のこなしに隙はない。

その涼しげで切れ長の目、通った鼻筋にきりりとしまった口元は、一見して切れ者と見てとれる理知的な若者だ。

「妙なことねえ。ま、俺にいわせりゃ、この江戸自体が妙な場所だからなあ」

「話を茶化さないでください」

「まったく冗談の通じねえ男だな。茶化すもなにも、俺はまだなにも聞いていねえじゃねえか」

不機嫌そうな虎庵の様子を見た佐助が、御仁吉に目で促した。

御仁吉は細面で顎がとがり、細い目がどこか狐のような冷たさを感じさせる。

いかにも岡っ引きという風情だが、彼もまた佐助に引けを取らぬ切れ者だ。

「先生は、この江戸の渡世人の一家についてご存知ですか」

「御仁吉、俺はもともと武士として育った。しかも十五年も上海にいて、江戸に戻ったのが一年前だぜ。奴らが町のダニってこと以外、ヤクザの事情なんか知るわけがねえだろう」

「この江戸では、そのダニが幕府の小役人と癒着しておりましてね、いわば江戸の闇社会は奴らが取り仕切ってるんですよ」

「幕府にも、侍にもダニはいるだろうし、ダニ同士がくっついて町人の生き血を吸っているのは世界共通だ。だが佐助、確かお前さん、この江戸の闇を取り仕切っているのは風魔だっていわなかったか？」

虎庵は不満げに口をへの字にした。

「御仁吉、先生に説明してくれ」

悲鳴にも似た佐助の声に、御仁吉は力強く頷いた。

そして八代将軍徳川吉宗が、財政再建のために発令した奢侈禁止によって江戸の経済は冷え込み、シノギが激減した江戸のヤクザたちが、生き残りをかけて共食いを始めている現状を事細かに説明した。

「ふーん、理由はどうあれ、江戸のダニどもが減るのは結構なことじゃねえか」

虎庵は興味なさげにいった。

「それはそうなんですが、共食いを重ねた結果、たかだか五十人程度だった品川の鬼辰一家と内藤新宿の角筈一家だけが生き残り、それぞれ三百人を超える大所帯になっちまいやして、最近では不良の旗本奴まで仲間に入っている始末なんです」

御仁吉は淡々と説明した。

「それってえのは、群雄割拠していた戦国大名が離合集散を繰り返し、最後は豊臣と徳川に二分したようなもんかな」

「戦国大名とヤクザでは……」

「御仁吉、かたぎの上前をはねて生きるのがヤクザなら、戦国大名は領内の百姓の上前をはねてるだけだ。迷惑という意味じゃ、同じようなもんだぜ。で、そのヤクザがどうかしたのか」

「へえ、それがひと月ほど前のことなんですが、鬼辰一家の親分の仁蔵が、跡目と目されていた代貸しと一緒に殺されちまったんです」

「残った角筈一家が、天下を取ったということだな」

虎庵は三人が一様に頷いたのを見ると、退屈そうに庭を眺めた。

侍、町人、農民にかかわらず、表があれば裏があるのが世間というものだ。

世間からはみ出し、闇でしか生きられないヤクザは世間の徒花なのだ。

暴力と脅しの恐怖で堅気の稼ぎをかすめ取り、みずからは何も生み出すことなく欲望のままに生きる輩、それがヤクザなのだ。

太平や好景気が続けば世の中が明るくなるが、ヤクザが生きる闇は濃さを増し、奴らを勢いづかせるのだ。

ところが御仁吉がいうとおり、御上が奢侈禁止だ、節約だとうるさい世になれば世間は暗くなり、ヤクザが生きる闇も薄らぎ、奴らが生きにくい世の中になる。

それが道理であり、虎庵にとってはどうでもいいことだった。

「先生、あっしも角筈一家が天下を取れば、奴らだけを見てりゃいいと思っていたんですが、昨夜、その角筈一家の親分の我次郎までが殺されちまったんです」

御仁吉はそういって小首を傾げた。

「ヤクザの秀吉と家康が死んじまったのか。そうなると、次なる天下人は……」

「先生、ふざけねえでくだせえ」

「御仁吉、誰がふざけてるってんだ。いいか、ヤクザの世界が戦国の世に戻ろうが、知ったこっちゃねえし、所詮は町奉行所がかたをつける話じゃねえのか」

虎庵は語気を強めた。

「へえ、そりゃまあ、そうなんですが、その奉行所にまるで動く気配がねえんです」

「動く気配がねえ？」

「しかも二十日ほど前から、鬼辰一家が経営していた品川宿の『芝浜屋』に、大坂のヤクザ者らしき奴らが大勢逗留していやがるんです」

「大坂のヤクザ者？　おいおいおい、なんだかお安くねえ話になってきたな」

「へえ、上方のヤクザが江戸進出を目論んでるって話は、前から町奉行所内でも噂になってはいたんです」

「親分を殺された角筈一家はなにしてる」

「それが、今朝方から弔いの準備で大わらわでして……」

「親分を殺されて、その仇を討つ前に弔いの準備？　なんだそりゃ」

「角筈一家も、誰が跡目を継ぐのか、決まってねえみたいなんです」

「残された角筈一家の子分どもが品川に向かえば、親分殺しは大坂のヤクザの仕業ということなんだろうが……。じゃあ、品川に集まってる大坂のヤクザってのは何者なんだ」

虎庵は思わず身を乗り出した。

「岸和田一家といいまして、大坂の新町界隈を縄張りにする中堅ヤクザです」

「新町って、遊郭の新町か？」

「へえ、京の島原や江戸の吉原と同じ、幕府が認めた大坂の遊郭です」

「ふーん」

虎庵は気の抜けた返事をすると煙草に火を点け、音をたててふかした。

「これは噂なんですが、岸和田一家の周五郎と角筈一家の我次郎は、義兄弟の杯を交わしていたらしいんです」

「江戸と大坂のヤクザが義兄弟だと？」

話がややこしくなってきたせいか、明らかに虎庵は興味を示し始めた。

「先生……」

今度は佐助が身を乗り出した。

「佐助、ちょっと待て。話を整理すると、ひと月前に鬼辰一家の親分が殺された。すると大坂の岸和田一家が品川に乗り込んできて、鬼辰一家のものだった『芝浜屋』にいついちまった。しかも岸和田一家の親分は、鬼辰一家と敵対する角筈一家の親分と義兄弟ということだな」

「はい」

「ということは、岸和田一家と角筈一家が鬼辰一家の親分殺しの下手人で、『芝浜屋』を乗っ取ったと見るのが手筋ってもんだろう」

「おそらく角筈一家が、鬼辰一家の親分殺しの実行部隊だと思います」

「佐助、昨日、殺された角筈一家の親分てのはどこで殺された」

「品川です……」

「品川だと?」

「角筈一家の若衆の話では、昨夜、親分は岸和田一家の親分と会っていたということです。そうだったよな、御仁吉」

「へえ、まちがいありやせん」

御仁吉は力強く頷いた。

「その帰りに何者かに襲われたってえことは、鬼辰一家の残党が親分の仇を討ったってことだろうが……」

虎庵は御仁吉を見た。

「はあ……」

「なんだ、歯切れが悪いな」

「じつはその鬼辰一家なんですが、子分が仇を討とうにも、親分と一緒に跡目と目されていた代貸しも殺されちまいましたから、子分どもは蜘蛛の子を散らすように江戸を離れちまいまして、一家ごと消えちまったんです……」

「そりゃあ、随分、冷てえ子分どもだな」

虎庵は煙草盆の灰吹きに、煙管の雁首を叩きつけた。

あまりに大きな音に、佐助と御仁吉、亀十郎の三人は同時に全身をびくつかせた。

「佐助、ちょいと根本的な確認をしてえんだが、この話は俺たち風魔が頭を悩ませなきゃいけねえ話なのか？」

「先生、あっしもヤクザがどうなろうが、知ったこっちゃねえんです」

「ならそれでいいじゃねえか」

「問題は吉原に『白菊楼』っていう切り見世があるんですが、いつのまにやらその見世も、岸和田一家が手に入れちまったようなんです」

佐助はようやく本題を切り出した。

「佐助、ちょっと待て。吉原の見世ってのは、名義は違っていても、すべて風魔が経営しているんじゃねえのか」

虎庵は不思議そうに首を傾げた。

「はい。吉原の西側、お歯黒どぶ沿いの浄念河岸に、三軒ほど風魔とは関わりのねえ切り見世があるんですが、『白菊楼』はその内の一軒です」

「詳しく教えてくれ」

「見世の名は『白菊楼』、『伊勢屋』、『三日月楼』といいまして、明暦の大火の後に、吉原が日本橋から今の日本堤下に移転する際、当時の勘定奉行の肝いりで新規に開店を認められたそうです」

「ふーん。どんな野郎がやってるんだ」

「それが当初は『白菊楼』は尾張藩、『伊勢屋』は紀州藩、『三日月楼』は水戸藩が、大火で焼けた江戸藩邸の復興資金を得るために、出入りの御用商人に商わせていたそうです。表向きは、独り身で江戸詰になっている藩士たちのために、安心していける吉原の見世を作る、ということだったらしいんですが……」

「なんだそりゃ……」

「当時の統領や幹部たちも、理由が理由だけに反対もできなかったそうです」

「しかし佐助、尾張藩のものだった『白菊楼』が、なんだってヤクザ者の手に渡っちまったんだ」

「四代将軍家綱の時代に、見世の役目は終わったとかで、三軒とも同時に売りに出されました。風魔にとっては鬱陶しい見世ですから、とにかく三軒を手に入れちまおうと八方手を尽くしたそうですが、売り先がわからねえまま三軒は、その後、何度も身売りが繰り返されまして、今ではどこの誰が持ち主なのかもわからねえ始末なんです。お頭のいうとおり、売りに出したのは目くらましで、いまも実際は御三家がやっているのかも知れないですね」

佐助は申し訳なさそうに、頭を下げた。

「お前さんが頭を下げることじゃねえだろう。御仁吉、ヤクザが何百人死のうが知ったこっちゃねえが、吉原に大坂のヤクザが入り込んでくるってのは気になる。まさか風魔が出張るような話になるとは思わねえが、この件についてもう少し詳しく調べてみてくれ。それから亀十郎、花房町で飯を食ったら品川の様子を見に行くから、舟の用意を頼むぜ」

いきなり話を振られた亀十郎は、墨で描いたようなゲジゲジ眉の下の小さな目をしばたたかせた。

三

作務衣から着流しに着替えた虎庵が、総髪を頭の後ろで無造作に縛っていると、庭先の木陰からとぼけた気が放たれた。

「よ、おでかけかい」

南町奉行所与力の木村左内だった。

左内は爪楊枝を咥えた口を牛のように蠢かせながら、縁側に腰掛けた。

今月は南町奉行所が非番のせいか、着流し姿で現れた左内はやけに顔が赤く、すでに酒を飲んでいるような風情だ。

「ああ、ちょいと花房町で軍鶏《しゃも》鍋でも食おうかと思ってな」

「軍鶏鍋？　花房町というと『甚鎌』か」

「まあな。ところで用はなんなんだ」

――この男が顔を出したとき、必ずろくでもないことが起きる。

虎庵は総毛立つような嫌な予感に、大きな溜息をついた。

「お前さんも、上様と尾張様が犬猿の仲であることは知ってるだろ？」

「まあな」

かつて紀州藩主だった吉宗と尾張藩主徳川継友は、将軍の座を巡って暗闘を繰り広げた。

結果として吉宗が八代将軍となり、すでに一年以上が経過しているにもかかわらず、それを良しとしない守旧派の旧幕臣はそんな継友を担ぎ上げ、城内が未だに二分されていることは武士の常識だ。

「その尾張様だが、上様に突然、妙な上奏をされたのよ」

「妙な上奏？」

「ああ、江戸の町は大火が多いから、各藩邸に遠州の鬼瓦を飾って魔除けとしてはいかがかっていいだしたそうなんだ」

「なんだそりゃ。火事の延焼を防ぐために瓦葺きを推進しろと、どうしていえねえんだ。幕府が加持祈祷やまじないを頼ってどうするんだ」

「一口に藩邸といっても、この江戸には上屋敷、中屋敷、下屋敷、大小合わせて千近い藩邸があるんだ。そこに鬼瓦を飾らせれば、とんでもねえ金額の商いになることは確かだろうからな」

「大方、遠州の瓦屋から賂《まいない》でも掴まされた尾張藩の馬鹿が、殿様をそそのかしたんじゃねえのか？」

「お前さんもそう思うだろ。あーあ、嫌になっちまうぜ」

左内は両手を突き上げて大あくびをした。

「上様はなんといっているんだ。まさか尾張継友のご機嫌伺いで、話にのっちまったなんてことはねえだろうな」

虎庵は締めなおした帯をポンポンと叩いた。

「上様はな、大火対策について秘策をお持ちのようなんだ。ま、秘策といっても、町火消しの仕組みを作ろうってだけのことなんだがな」

「町火消し？　なんでお前さんが、そんなことを知っているんだ」

「バーカ、政なんてものは、上様が一声かければ済むってもんじゃねえんだ。何かを始めようと思えば準備がいる。町火消しを作るったって、いったい誰をその役に据えるか、下調べをさせられるのが町奉行であり、俺たち町奉行所の役人なんだよ」

「そんなことは先刻承知だ。それより上様はどう考えているんだ」

「上様が町火消しの新設を考えているところに、尾張様が防火対策を示したわけだ。お前さんは加持祈祷とかまじないというが、江戸と比べて屋根瓦が普及している尾張では、事実、大火が少ねえんだ。上様はこれをきっかけにして、町人の家屋敷にも火の粉除けになる屋根の瓦葺きを奨励しようとされているみたいだぜ」

徳川家康が駿府城を築城する際、三河から大量の瓦職人を呼び寄せたのをきっかけに、西国でしか作られていなかった屋根瓦が東国の遠州でも生産されるようになり、遠州の名産品となった。

とはいえ重い瓦を屋根に載せるとなれば柱を太くして、その荷重に耐えられる構造の建物にしなければならない。

たったの百年で日本一の百万人を超える大都市となった江戸では、府内の発展にともない大量に流入してくる人々の住まいとして、柱が細く建設が簡単、しかも安価な板葺きの長屋を造ってきた。

その安普請の長屋が、小火を大火に変える要因となっていた。

「防火対策の裏で小役人が私腹を肥やしているのは業腹だが、それで江戸から大火が減るのならそれもよしだ。ところで旦那、そんなことをいうために来たのか」

虎庵はそういいながら、刀掛けから大小を手にした。

「まあな。あの上様と尾張様が手を結んで江戸の大火を無くそうなんて、涙がちょちょぎれるほど美しい話とは思わねえか……」

「犬と猿が妙に仲がいいってのは、胡散臭え話だけどな」

「そういうわけよ。それじゃあ、酒も出ねえようだし、俺は退散するとするか」

左内はそういうと縁側から降り、虎庵に背中を向けたまま軽く右手を挙げ、きた道を戻った。

佐助と亀十郎をともなった虎庵が、下谷花房町の軍鶏鍋屋の『甚鎌』に到着したのは、左内が帰ってから四半刻（三十分）後のことだった。

この店の名は三十年前の開店にあたり、主の甚五郎が稲刈りに使う鎌一本で見事に軍鶏を捌くのを見て、感心した虎庵の父である先代風魔小太郎が名付けた。

今年で五十になった甚五郎は、「廓衆」と呼ばれる吉原の本拠で働く者とは違い、江戸城下で様々な店を経営する風魔の「商い衆」のひとりだ。

風魔の掟では大半の者が五十五歳で引退し、風魔の里に戻らなければならず、その後は風魔の里で後進の指導しながら隠居生活を送ることになっている。

だが甚五郎は、引退までにはまだ五年もあるというのに、子に恵まれなかったことを理由に店を風魔に返し、女房のお鶴とともに早めの引退を希望していた。

「親父、気持ちはわかるが、お前さんが引退しちまったら、この軍鶏鍋の割り下作りと、鎌でやる軍鶏捌きの技はどうなっちまうんだ」

虎庵は生唾を飲みながら、鉄鍋の湯気の中でチリチリと縮み始めた軍鶏肉をひっくり返した。

「先生、どうなっちまうんだといわれましても……」

「商い衆」のしきたり通り「お頭」ではなく「先生」と呼んだ甚五郎は恐縮し、鍋の軍鶏肉のように身を縮めた。

　本来、風魔の引退程度のことで、統領の虎庵が直接動くことはない。

　だが虎庵にとっても何の手も尽くさずに、江戸から『甚鎌』の味が消えてしまうことはしのびなかった。

「佐助、お前さんはどう思う」

「そうですね、風魔の里の賄い場で、若い者たちに親父さんの軍鶏鍋の味と技を教えるというのはいかがですか。そして親父さんがこいつと見込んだ者に、この店を任せるのです」

「親父、お前さんの技を伝えるのに何年かかる」

「一年、いや、二年といったところでしょうか」

「二年だと？　俺に親父の軍鶏鍋を二年も我慢しろってのか」

「先生の気持ちはわかりますが、親父さんが早めの引退を望む本当の理由は、女房のお鶴さんの具合が……」

　佐助は甚五郎に小突かれ、話を途中で止めた。

「なんだ？　佐助、続けろ……」

「は、はい」

　甚五郎を振り返った佐助は、鍋を見つめたまま呟いた虎庵の迫力に眉根を寄せ、顔を左右に振った。

「先生、手めえのことですから、あっしがご説明いたしましょう。じつは二年ほど前、女房の乳に小さなしこりができたんでさあ。すぐに消えるだろうと思って放っておいたら、この半年ほどで急にでかくなっちまったんです。夜毎、あんまり苦しむものですから、近所の漢方医に診せたところ……」

「医者はどういう見立てをしたんだ」

「乳のあたりで気の道が詰まってるとかで、なんとかいう煎じ薬を渡されました」

「まあ、そんなところだろうな。見通しについてはどうだ」

「耳元で『保って一年。できることなら、箱根あたりへ湯治に連れて行ってやれ』とすすめられやした。先生、あっしはこの店のことで、お鶴には苦労をかけっぱなしでしてね、いい思いなど何ひとつさせてやれなかったんです。それなのに寿命があと一年というのなら、いっそのこと店を風魔にお返しし、お鶴の行きたがっていた風魔の里に連れて行ってやりてえと思った次第でごぜえやす」

「あと一年って、そんなに酷えのか」

「へえ、夜も日も明けず、床で一日中唸っておりやす」

「お鶴さんはどこにいる」

「店の裏長屋におりやす」

「案内しろ」

虎庵はそういうと、軍鶏鍋を七輪から降ろして立ち上がった。

店のすぐ真裏にあたる裏長屋の入口に立つと、女の悲鳴が聞こえた。

「あの通りでございます。長屋の皆さんには、ずっとお世話になりっぱなしなんですが、このひと月ほどは毎日。あのような奇声を上げるようになっちまいました」

「お鶴さんは正気なのか？」

「それが……」

甚五郎は俯いたまま首を横に振った。

「人はあまりに苦痛が続くとな、正気を失うこともあるんだ」

虎庵が甚五郎の部屋の腰高障子を引くと、仄暗い部屋の奥の床で横たわるお鶴の姿が見えた。

苦痛に身悶えし、粗末な掛け布団は足下で丸まっている。

寝間着姿で横たわるお鶴は、四肢を赤子のように投げだして荒い息をしている。

「甚五郎、最近じゃ店もかなり流行っていたんだろ。こんな暮らしをしなくちゃならねえ理由は、ねえんじゃねえのか」

「へえ、おかげさまで商いは順調でございます。ですが貧乏育ちのお鶴が、軍鶏の命と引き替えに商いをしている自分が、贅沢をしたんじゃ罰が当たるとかいうんです」

虎庵は、草履を脱ぐとずかずかと座敷に上がり、お鶴の床の脇に座った。

「お鶴さん、ちょいと我慢してくれ」

お鶴は虎庵の声にもヘラヘラと笑うだけで返事もしない。

虎庵はお鶴の寝間着の紐をほどいて胸をはだけた。

お鶴は今年で四十五歳、本来ならしなびていて当然の乳房が、蒼い血管を浮き立たせて異様な張りを見せている。

虎庵は張りのあるふたつの乳房に、手のひらを押し当てながら丹念に触診した。

虎庵の両手から乳房に伝わる温もりに、お鶴は「ふっ」と小さな息を吐いた。

いつの間にか眉間に刻まれていた深い皺が消え、強ばっていた表情が心なしか和らいだようにも見えた。

「お鶴さん、痛いところがあったらいってくれ」

乳房の触診を終えた虎庵は、今度はお鶴の首筋、両脇もまた丹念に触診をした。

腹、背中、最後に両脚の付け根まで触診すると、虎庵はお鶴の寝間着の袷を元に戻して軽く紐で縛り、足下で丸まっていた掛け布団をかけ直した。

「先生、いかがでございますか」

「両方の乳房に石みたいに硬えできものができてやがる。親父、とりあえず店に戻ろう。話はそれからだ……」

虎庵は足早に『甚鎌』へと向かった。

二階の座敷に佐助と亀十郎、甚五郎が入ったのを確認すると、虎庵は小さく息を吐いて口を開いた。

「親父、心して聞いてくれ。お鶴さんは一年も保たねえ」

「保たねえって、先生……」

「お鶴さんの乳の中には、腫瘍と呼ばれる出来物ができているんだ。こいつが内臓に染《うつ》っちまうんだが、こればっかりは俺が学んだオランダ医学でもどうにもならねえんだ。脇の下、脚の付け根も大分腫れ上がっているところを見ると、おそらく内臓もやられているはずだ」

「湯治で、治るんでしょうか」

「可哀想だが、この病は不治の病でな、しかも苦痛で正気まで失っている。ここまでくると、どうやって激痛から解放してやるかなんだ」

虎庵は小さく顔を左右に振った。

「先生、お鶴は一日中、夜も昼もああしてのたうち回っているんです。そうとう苦しいんでしょうねえ」

「そのとおりだ。保ってあと三月、地獄の苦しみの中で死んでいく」

「地獄の苦しみが三月も……。先生、どうにかしてやれねえでしょうか」

苦痛に身悶えする恋女房に何をしてやることもできず、ただ見守り続けてきた甚五郎も生気を失っている。

「オランダやエゲレスでは、阿片を吸わせて痛みをやわらげるそうだが……」

「阿片ですか……」

ご禁制品の中でも、特に取り締まりの厳しい阿片など手に入れられるわけもない。

甚五郎が、ガックリと肩を落とした。

それを見た佐助が口を開いた。

「親父さん、吉原には鳥屋（梅毒）にかかっちまった遊女たちが沢山いるが、毒が脳に回っちまって、どうにもならなくなった者は……」

「佐助……」

虎庵が佐助を制した。

「お頭、いいんです、続けさせてください」

佐助は腕を掴む虎庵を振り返り、涙を一杯に浮かべた目でいった。

虎庵は小さく頷いて、腕を握る手を離した。

「親父さんも知ってると思うが、合谷のツボを使って全身を痺れさせ、お頭に三綾針で心の臓を止めて往生させていただくんだ」

「佐助さん、女たちは苦しまねえんですか」

よどんでいた甚五郎の瞳が一瞬、確かに輝いた。

「ああ。俺が見た限りじゃ、眉間に深い皺を刻んで苦しんでいた女たちが、揃いも揃って穏やかな顔に戻り……往生していくんだ……」

「お鶴も苦しまずに済むんでしょうか」

「たぶん……な」

「それならお願いしやす。先生、どうぞ一刻も早く、お鶴を楽にしてやっておくんなさい。あの身悶えを三月も繰り返して死んでいくなんて……」

甚五郎は虎庵の袖を掴み、すがりつくようにして懇願した。

「お鶴さんの好物はなんだ」

「へ、へい。軍鶏鍋屋のくせに、一度でいいから鰻を腹一杯食べてみたい。もしそれができたら、死んでもいいっていうのが口癖でした」

「わかった。明日の昼、迎えをよこす。甚五郎、今宵はお鶴さんとの今生の別れ。心おきなく過ごすんだぜ。さて、それじゃあ俺たちは品川に向かうとするか」

虎庵はそういって立ち上がった。

「先生、ちょっとお待ちくだせえ。昼飯も食わずに品川はねえでしょう。それじゃあ亀十郎も、艣《ろ》を握る手に力が入りませんや。すぐに飯の用意をしますから」

甚五郎は七輪の炭に息を吹きかけて火を熾すと、途中まで火の通った軍鶏鍋の鉄鍋を置き、飯を取りに階下へと急いだ。

四

舟の艪を握っていた亀十郎は、品川の引き手茶屋『芝浜屋』の脇の陣屋横町河岸に到着すると、ゆっくりと舟を寄せた。

虎庵は俯いたまま、身動きひとつしない。

虎庵の背後に控えた佐助も、無言で俯いたままじっとしている。

ほどなくして虎庵が呟くようにいった。

「佐助、これからどうする」

「先生、『芝浜屋』はそこの陣屋横町の先にあります」

「ああ」

虎庵は気のない返事をした。

ほんの半刻ほど前に、「甚鎌」のお鶴を診てきたばかりで、気が乗らないのも当然だった。

「あれ？」

「先生、どうしました？」

「いや、この臭い……」

虎庵は陣屋横町に視線を投げ、クンクンと鼻を鳴らした。

すると横町の奥から、緋色の糯袢姿の女が髪を振り乱し、ふらふらと歩いてくるのが見えた。

「あの女……」

虎庵は猪牙舟から飛び降りると、ふらつく女に向かって走った。

ふらついていた女の脚がもつれ、突然、ガクリと膝が折れた。

その場に倒れた女は板塀に頭をしたたかに打ちつけ、鈍い音があたりに鳴りひびいた。

「おい、大丈夫か」

虎庵は倒れた女に走り寄り、すぐさま抱き起こしたが、女の口から噴き出した白い泡の異様な臭いに顔をしかめた。

「先生、この女はこのあたりの遊女ですぜ」

遅れてきた佐助がいった。

「佐助、この女の全身から立ち上る異様な臭い、心当たりはねえか」

「この臭いは……阿片ですか」

「そうだ。間違いなく阿片だ」

「しかし先生、この江戸じゃあ、ご禁制の阿片なんて十年以上も聞いたことがありません」

「この女を良仁堂に連れて行くぞっ！」

「先生、そんな無茶をしたら、女を足抜けさせたことになっちまいますよ」

「なにが無茶だ。俺は天下の往来で倒れている女を見つけ、治療してやろうってんだぞ。それのどこが足抜けだ。亀十郎、手を貸せっ！」

虎庵の命令で駆けつけた亀十郎はさっさと女を担ぎ上げると、河岸に繋留した猪牙舟に向かって走り出した。

「佐助、行くぞ」

虎庵と佐助が次々と猪牙舟に飛び乗ったそのとき、尻っぱしょりをした三人組の男が、表通りから陣屋横町に駆け込んだ。

「亀十郎、急げっ！」

「はいっ」

艪を握った亀十郎の両腕の筋肉が盛り上がり、舟がゆっくりと動き出した。

三人組は河岸まで走り寄ると、虎庵たちの舟を指さして叫んだ。

「足抜けやっ！　足抜けやっ！」

叫び声を聞いた「芝浜屋」の印半纏を着た若衆が、黒板塀の木戸から一斉に飛び出し、虎庵たちの猪牙舟を追った。

だが亀十郎が桁外れの膂力で艪を漕ぐと、猪牙舟は舳先で白波を立てながら目黒川の河口に向かって疾走した。

「こらっ！　待ちやがれっ！　おんどりゃ何者じゃい、こないことしてどうなるか、わかっとるんやろなっ！」

先頭を走るたぬき面の男が怒鳴った。

「上等じゃねえか、道で倒れていた女を治療して何が悪い。俺は下谷良仁堂の風祭虎庵だっ！　文句があるなら、堂々と診療所まできやがれっ！」

虎庵は目黒川沿いを走る、数十人にまで膨れあがった若衆に向かって叫んだ。

「先生、名乗ったりして大丈夫なんですか」

「佐助、面白えから戻ったら左内を呼べ。今月は非番のはずだから、上手い鰻を食わせるとでもいえば、喜んで顔を出すはずだ」

虎庵が口にした左内は南町奉行所与力だ。

仮に今夜、遊女屋の若衆が女を取り返しに来たら、町方の木村左内に立ち会わせて始末させようという腹だった。

「佐助、やつら、女を取り返しに来ると思うか」

「ヤクザは舐められたらおしまいですからね」

かせた。
「なんだか面白くなってきやがったなっ！」
舳先に座った虎庵は、銀煙管で楽しそうに船縁を叩き、潮風にほどいた総髪をなび
虎庵たちが良仁堂に戻ったのは七つ半（午後五時）、すでに夕暮れが迫っていた。
「先生、お帰りなさいませ」
虎庵が門の通用口から入ると、愛一郎とお雅が出迎えた。
お雅は香港出身の清国人で本名は雅雅という。
四ヶ月ほど前の六月、背中を斬られた怪我人として、南町奉行大岡越前の命を受け
た木村左内によって良仁堂に運び込まれた。
知的な額から鼻筋が美しく伸び、ふくよかな唇は紅を差していなくても十分赤く、
尖った顎と細く長い首筋が艶やかな美人だ。
元は呂宋《ルソン》の病院で看護婦をしていたのだが、男に騙されて香港の娼館に売られ、そ
の後エゲレスの軍人に買われて軍船に乗せられた。
その軍船で野卑な乗員から、肛門に裂傷ができるような酷い仕打を受けた雅雅は、
逃亡の隙をうかがっているうちに軍船が嵐に遭遇した。
そして帆柱が折れたまま駿河沖を漂流しているときに、雅雅はたまたま波間を漂う

小舟を見つけ、船員の目を盗んで軍船から飛び降りようとした。

だがそのとき、船縁に立った雅雅を見つけた歩哨の船員が、その背中にサーベルで切りかかったのだ。

這々《ほうほう》の体で小舟に乗り移った雅雅は、二日後、江戸湊を漂流しているところを佃島の漁師に発見され、町奉行所に届けられた。

雅雅が異人と見抜いた南町奉行大岡忠相は、治療のために虎庵の元に運ばせ、その後の処遇も虎庵に任せた。

虎庵は仕方なく風魔の本拠地である吉原の「小田原屋」に匿い、日本語の教育を施したところ、三月もすると日常会話には事欠かなくなった。

虎庵は雅雅が呂宋で看護婦の経験があったことから、お雅という名を与えて良仁堂の助手として使うことを決めたのだ。

「先生、その人は……」

愛一郎が聞いた。

虎庵が抱きかかえている女は、気絶したまま相変わらず泡を噴いている。

「虎庵先生、その女の人、阿片の臭いするね」

お雅は鋭くも、女の全身から立ち上る阿片の臭いをかぎ分けた。

お雅は香港の阿片窟で阿片の臭いを嗅いだことがあるのかもしれないが、女の全身から立ち上る異臭を即座にいい当てた嗅覚と知識には虎庵も舌を巻いた。

「ついてこい」

虎庵は女を抱いたまま、奥の座敷へと向かった。

治療部屋に連れて行ったところで、阿片で酩酊状態にある女に施す治療はない。

虎庵は奥の部屋で、愛一郎とお雅が用意した夜具に女を寝かせた。

「あとは女が吸った阿片の効果が、消えるのを待つだけだ」

そういって虎庵が居間に戻り、長椅子に座って煙管にキザミを詰めていると、鰻の蒲焼きを大量に買い込んだ亀十郎が戻った。

そしてその後を追うようにして、南町奉行所与力の木村左内と佐助が庭先に姿を現わした。

非番のせいか、着流しに二本差し姿で現れた左内は、口にしていた爪楊枝を吐き飛ばした。

「おう、虎庵先生よ、鰻に釣られてきちまったが、嘘じゃねえだろうな」

左内は十手で首筋を軽く叩きながら縁側に腰掛けた。

「亀十郎、そこの旦那に買ってきた鰻を見せてやれ」

亀十郎は左内の眼前で両手に提げた、重そうな蒲焼きの包みをブラブラさせた。

包みから立ち上る、香ばしい匂いが左内の鼻腔をくすぐった。

左内はその匂いにうっとりとしながら、ふらふらと縁側に上がった。

「亀十郎、愛一郎にいって、すぐに酒の用意をさせてくれ。それから鰻は蒲焼きと酢の物、例の卵で巻くやつも作るようにいってくれっ」

虎庵がそういって煙草に火を点けると、茶碗とスルメを載せた盆を抱えたお雅と、両手に一升の通い徳利を四個提げた愛一郎が姿を見せた。

虎庵は長椅子の前に置かれた卓上に茶碗を並べさせると、次々と酒を注いだ。

虎庵の右手に座った佐助、向かいに座った左内と亀十郎が手を伸ばし、なみなみと酒が注がれた茶碗を手に取った。

「よし、まずは駆けつけ三杯といこうじゃねえか」

虎庵は眼前に茶碗を掲げると、グビグビと喉を鳴らして茶碗の酒を飲み干した。

「おいおいおい、どうしたっていうんだ」

左内は豪快に酒を飲む虎庵たちを横目に、チビリチビリと酒を舐めた。

「ふー、左内の旦那。品川の件は、どうなっているんだ」

「あーん？　いきなりなんだ」

左内は腑に落ちない様子でスルメを齧った。

「今日の昼間、たまたま品川に行ったんだが、面白えものを拾っちまったんだ。ま、それはあとで見せるが、『芝浜屋』の印半纏を着た上方訛りの連中に追いかけられちまったんだよ」

　虎庵はそれだけいうと、左内の様子をそれとなく窺った。

「何を拾ったってんだ」

「それは後で教えるといっただろ。それより品川は江戸の表玄関だ。しかも『芝浜屋』といえば品川遊郭を代表する引き手茶屋で、代々品川を縄張りにする鬼辰一家とかいうヤクザの根城だったっていうじゃねえか。そこになんで、上方言葉を使う連中がウジャウジャいるのか、その理由を教えて貰いてえんだよ」

　虎庵は意味深な笑みを浮かべた。

「先生はひと月前、鬼辰一家の仁蔵って親分が殺されたのを知ってるかい」

「そんなこと、俺が知るわけねえだろう」

　虎庵はとぼけて知らぬ振りをした。

「御台場の裏に弁天様があるだろう。その境内で首と胴体、手足をバラバラにされた仁蔵と代貸しの死体が見つかったんだ。しかもだ、死体の確認をさせようと、俺の手下が品川の鬼辰一家を訪ねたところ、子分どもは全員どこかに消えちまい、一家はもぬけの空だった」

「どういうことだ」

「このところ江戸では、ヤクザどもが生き残りをかけて抗争を繰り返してやがった。

鬼辰一家の仁蔵って親分は、マラ癖の悪い野郎でな。いい女となると子分の女房だろうが手を付けちまう。そういう意味で、子分たちの信望はじつに薄い野郎だった」

「それで子分に見放されたということか」

「いや、ヤクザの一家なんてのは、首を斬ってもすぐに新しい首が生えてくるものなんだ。ところが首が生えるどころか、一家がバラバラになっちまったのは、鬼辰一家が抗争していた内藤新宿の角筈一家のせいなんだ」

「どういうことだ」

「角筈一家の親分は念仏の我次郎というのだが、こいつは蛇のような男でな、出入りが始まると親分や代貸し、若衆頭といった幹部ではなくて、子分の親兄弟や女房子供を的にかけやがるんだ。仁義もなけりゃ義理も人情もねえクソだ」

左内は手にした茶碗の酒を一息で飲み干した。

「親兄弟や女房子供って、堅気の衆じゃねえのか」

虎庵は左内から聞いた念仏の我次郎の正体に、口にしていた茶碗を離した。

「だから仁義もなけりりゃ、義理も人情もねえクソといっただろ。年寄りや女子供を殺された鬼辰の子分が、ひとり増えふたり増えするうちにな、子分どももビビリ始めちまい、親分が殺されたのを機に逃げ出しちまったってわけだ」

「だが左内の旦那、奉行所はそこまでわかっていて、なんでヤクザを野放しにしてやがるんだ。ヤクザ同士でも、殺しは殺しだろうが」

　虎庵は苛立たしげに、スルメを囓った。

「上様の財政建て直しは本気でな、俺たち町奉行所も厳しい緊縮財政を強いられているんだ。江戸のダニ同士が殺し合ってくれれば、ダニ掃除の手間が省けるってもんだろう。あとは一家が出入りで金を使い果たし、子分どもが殺し合って弱体化したところで、一網打尽にしてやろうってわけだ」

「念仏の我次郎の命令で殺された連中は、堅気じゃねえのか」

「ダニを産んだ親、ダニの兄弟、ダニの子供……。罪人が出れば一族郎党が、その責を問われるのは仕方あるめえ……」

「連座制っていいてえのか」

「そうとはいわねえが、それが現実なんだよ」

　左内は表情を失った能面のような表情で頷いた。

　そこに料理を載せた大皿を抱えた、お雅と愛一郎が姿を現わした。

「先生、お料理のご用意ができました……」

「愛一郎、今日は満月だ。せっかくだから料理は縁側に並べてくれ」

「はい」

「左内の旦那、鰻の用意ができたようだぜ。ダニの話なんざやめにして、鰻を食おうじゃねえか」

そういって虎庵が立ち上がったとき、隣の座敷との間にある襖が乱暴に開き、緋色の襦袢姿の女が姿を現した。

五

女はまだ、阿片の効果が消えていないのか、だらしなく襖の縁に寄りかかっている。

「あのう……ここは……」

室内を見回した女は、不安げな顔でいった。

運んできたときには気付かなかったが、女は目鼻立ちがはっきりとしたかなりの美人で、虎庵は口をポカンと開けたまま目をしばたたかせた。

すかさず佐助が女に駆け寄り、自分が着ていた「小田原屋」の印半纏を羽織らせた。

「お、小田原屋って、ここは吉原なのですか」

「違う。ここは下谷だ」

「佐助、いいからここにご案内しろ」

虎庵は空いている長椅子の左手の席を叩いた。

それを見た女は、みずからふらつく脚で虎庵の左手に座った。

「左内の旦那、これが品川での拾い物だ」

虎庵は驚きのあまり、ひと言も喋れぬ左内の茶碗に酒を注いだ。

「先生、拾い物って、こいつは『残波楼』の松風……だよな」

「左様でございます。松風にございます」

女は丁寧に頭を下げた。

「なんだ、旦那は知り合いか」

「何をいってやがる。品川『残波楼』の松風といったら、浮世絵にもなっている品川一の太夫だぜ」

左内は上目遣いに松風を見ながら、茶碗の酒を舐めた。

「お前さんが有名な松風だったのか。俺は風祭虎庵といってな、蘭方の医者だ」

「お医者様？　虎庵先生？　私はなぜここに……」

「そうか、憶えてねえのか。昼間の八つ半（午後三時）過ぎだったかな、お前さんは品川の陣屋横町をふらついていたんだ。そして石に蹴躓いてその場で転び、板塀に頭を打って気絶しちまったのよ。全身から阿片の臭いをふんぷんとさせてな」

「そういわれてみれば、妙にここが……」

松風は左手で後側頭部にできたタンコブを押さえた。

「あ、阿片だと？」

左内の声がひっくり返った。

「ああ、あの甘酸っぱい臭いは、阿片に間違いねえ。なあ、松風」

「阿片……？」

松風はきょとんとした表情で首を傾げた。

何をいわれているのかわからないといった表情は、とても芝居には思えない。

「なんだ、お前さん。阿片とわかって吸っていたわけじゃねえのか」

「いいえ、八つ半といえば、私は部屋で書状を書いておりました。それで禿《かむろ》にお願いして、この度、新しい『残波楼』の旦那になられた周五郎親分からいただいた、清国の香を焚いて貰ったんです」

「どんな香だい？」

「はい、色は焦げ茶というか黒というか、松ヤニを固めたような艶がありました。麝香の香りもしましたが、しばらくすると甘酸っぱい臭いに変わりまして、それを嗅いでいるうち、なんだか全身がだるくなってきて……」

「あとは憶えてねえか」

「はい……」

松風は眉を八の字にして、不安げな様子で頷いた。

「おいおいおい、この江戸で、ご禁制の阿片に麝香とは聞き捨てならねえぞ」

左内が色めき立った。

「聞き捨てならねえって、松風は周五郎とかいう野郎から清国製の香といわれて貰ったといってるじゃねえか」

「あの野郎、この江戸に阿片を持ち込みやがったのか」

「なんだ。左内の旦那は周五郎を知っているのか」

「ああ、昨日殺された念仏の我次郎の義兄弟で、大坂の新町界隈を根城にする岸和田一家という中堅のヤクザだ」

「それがなんで、『残波楼』の主なんだよ。鬼辰一家の仁蔵が殺され、品川の縄張りと『芝浜屋』、吉原の『白菊楼』は角筈一家のものになったんじゃねえのか」

「ああ、『芝浜屋』が経営している遊女屋の『残波楼』も、念仏の我次郎のものになったはずだ」

「旦那、それが周五郎のものになったということは……」

「鬼辰一家の仁蔵を殺ったのは角筈一家の我次郎で、兄弟分の周五郎に品川の縄張りを任せたということだろう」

「さすがに南町の与力は違うねえ。なんでもお見通しだ」

ふたりの会話が理解できず、小首を傾げたままの松風だった。

「しかし虎庵先生よ、松風がここにいるということは足抜けだぜ。今頃、周五郎たちは、大騒ぎしているんじゃねえのか」

左内が口にした「足抜け」という言葉に、その表情がみるみる歪んだ。

「人聞きの悪いことをいうな。俺は陣屋横町で倒れていた女を治療院に連れてきて、丁重な治療をしてやったまでのことだ」

「助けたときは『残波楼』の遊女かどうかも、わからなかったというわけか」

「そういうことだ。松風が名札を付けていたわけじゃあるめえし、足抜けどころか遊女を治療してやったんだから、感謝されるのが筋じゃねえのか」

「そりゃそうだが、あいつらにそんな理屈が通るかな」

「旦那、それより綺麗どころが増えたことだし、さっさと鰻を食おうじゃねえか」

満足げな笑みを浮かべた虎庵は、そういって松風の手を掴むと、縁側に並べられた料理の前にいざなった。


それから一刻半、月見の宴は盛り上がりに盛り上がった。

ことに松風は、うたかたとわかってはいるが、ひとりの女として久しぶりに味わった、自由で気の負けないひとときに酔った。

「さあて、それじゃあ俺は、そろそろ八丁堀に帰るとするか。いや虎庵先生、結構な酒と鰻、馳走になった」

長椅子を立った左内が、そういって縁側を降りようとしたとき、屋敷の塀の向こうを大勢が走りくる気配がした。

「先生、門の外に『芝浜屋』の奴らがっ」

襖の向こう側で愛一郎がいった。

「佐助、亀十郎、外の様子を見てくれ」

「はいっ！」

佐助と亀十郎は音もなく立ち上がると、風のように部屋を出た。

「虎庵先生よう、やっぱり松風を連れ戻しにきたんじゃねえのか」

左内が虎庵を振り返ったとき、庭先に十本ほどの松明が投げ入れられた。

「左内の旦那、ありゃあ、火付けだな」

「確かにそのようだな。火あぶりの刑は確定だな」

左内が大きく頷き、手にした十手で首筋を叩くと、野猿の如き素早さで庭に飛び出した愛一郎とお雅が、メラメラと燃え上がる松明の炎を次々と踏み消した。

「風祭虎庵、出てきやがれっ！」

門の外から、聞き覚えのある怒鳴り声がした。

外の様子を探りに行った佐助が庭先に戻った。

「先生、『芝浜屋』の印半纏を着た野郎どもが二十人ほどと、浪人者が五人、門前に集まっています」

「仕方がねえな。松風、お前さんはここで待っていな」

「でも……」

「なんだ、お前さんは『残波楼』に戻りてえのか。いずれ戻るにしろ、あと五日、六日は、ここで養生した方がいいと思うぜ」

「よろしいのですか？」

「まあ、ここは俺に任せてくれ」

虎庵はそういうと、亀十郎の愛刀胴田貫を掴んだ。

「左内の旦那、あんたの出番は後だ。女たちを頼むぜっ！」

虎庵は佐助と愛一郎を引き連れ、玄関へと走った。

一方、門前に集結した男たちは、松明を投げ込んだにもかかわらず、なんの反応も見せない虎庵に苛立っていた。

「けっ、たいそうな屋敷に住みやがって。源五郎兄貴、いっそのこと門に火付けたりまひょか」

松明を手にした、やけに顎の長い六尺大男がいった。

「アホ、なにゆうとんねん、ここは江戸やで。そないことしたら、儂らが火付盗賊改に追われることになるやないけ」

源五郎と呼ばれた男は、品川で「足抜けだ」と喚きながら虎庵たちの舟を追ってきた男だった。

岸和田一家の若衆頭で、身の丈は五尺あまり。

たぬき面の両頬と鼻っ柱に刻まれた、真一文字の切り傷が似合わない。

源五郎が飛び上がって六尺大男の頭を叩くと、良仁堂の門が音もなく開いた。

気配を察した源五郎と六尺大男が、瞬時に後じさって身構えた。

開いた門の中央に、九尺はあろうかという樫の棒を持った着流し姿の虎庵、その右手には佐助、左手に亀十郎が立ち、愛一郎は背後に控えた。

虎庵は門前にでて樫の棒で地面を叩くと、睥睨するように男どもを見渡した。

「おう火付け野郎どもっ！　源五郎ってのはどいつだ。俺の屋敷に火を付けようとしやがって、覚悟はできているんだろうな」

虎庵がそういって持っていた樫の棒でもう一度地面を突くと、源五郎が前に出た。

「わ、儂が岸和田一家、若衆頭の源五郎やっ！」

「お前が源五郎？　ゲンゴロウというよりミズスマシだな。あまりに小さくて見逃すところだったぞ」

「う、うるさいわいっ！」

「それにお前は面白い面だな、源五郎というよりたぬきではないか。俺が許すから、今日からたぬ吉に改名しろ」

虎庵は樫の棒を一閃し、源五郎の眼前に突き出した。

「おんどれこそ、真っ昼間に足抜け騒ぎを起こすとは、ええ度胸しとるやないけ」

半身に構えた源五郎が凄んだ。

「足抜けだと？　つまらぬいいがかりをつけると、ただじゃあおかねえぞ」

「う、うるさいわい。黙って松風を返しやがれ」

源五郎はそう喚くと、すぐに六尺男の背後に隠れた。

「手めえ、何を証拠に俺を足抜け呼ばわりしやがる。俺はたまたま通りがかった陣屋横町で、倒れて気絶した女を見つけたから俺の治療院で治療してやったまでだ。それのどこが足抜けなんだっ！」

「その女はな、『残波楼』で一番の人気太夫、松風や。それを黙って連れて行けば、足抜けに決まっとるやないけ」

「ほう、気絶した女が手めえが誰かと名乗れるか？　だったら女の顔に、松風でもお多福風邪でもかまわねえから、焼き印でも押しておきやがれ」

「ふ、ふざけるな」

「ふざけてるのはどっちだ。ようし、その松風とやらは返してやるから、治療費と薬代二百両、いまここで耳をそろえて払いやがれっ」

「な、なんやとう」

源五郎がこぶしを振り上げたとき、背後にいた痩せ形の浪人者が、源五郎の襟を掴んで引っ張った。

「源五郎、どうやら話してわかる相手じゃなさそうだ」

痩せ形の浪人は、大刀を抜き正眼に構えた。

それを見た虎庵が二歩前に出ると、胴田貫を抜いた亀十郎、短めの忍者刀を抜いた佐助も進み出た。

それを見た四人の浪人が、痩せ形の浪人の両側にふたりずつ並んだ。

「ほう、話してわからねえなら、どうしようってんだ」

虎庵は手にした樫の棒を小脇に挟んだ。

「問答無用っ！」

殺気とともに、痩せ形の浪人が強烈な突きを放った。

しかし虎庵が瞬時に払った樫の棒は、痩せ形の侍の大刀をはじき飛ばした。

虎庵は樫の棒を頭上で激しく回転させながら痩せ形の浪人に走り寄り、その脳天に兜割の一撃を振り下ろした。

脳天から鈍い音を発した痩せ形の浪人が、ガマ蛙のようなうめき声を上げた。

あまりの衝撃に、半分ほど飛びだした両眼の白目が血走っている。

「トオーッ」

「キエーッ」

思い思いの気合を発しながら、四人の浪人が同時に斬りかかった。

しかし虎庵が目にも留まらぬ早業で振り回した棒は、次々と大刀をはじき飛ばし、鋭い突きが四人の浪人の喉、胸、腹、股間を次々と襲った。

強烈な突きを食らった浪人たちは、うめき声を上げながら地面をのたうち回った。

あまりに歴然とした技量の違いに、虎庵を取り囲んでいた二十名ほどのヤクザは、誰ひとりとして攻撃してこない。

そこに奥の座敷にいたはずの左内が、門前に姿を現した。

「南町奉行所与力木村左内である。虎庵先生より、阿片の臭いを漂わせて気絶した女を見つけたとの届けがあり、検分にまいったがその方らは何者だっ！」

左内は与力ならではの、小さな十手を差し出した。

同心や岡っ引きの十手は、捕り物用の武器だから長さは一尺を超える。

だが同心や岡っ引きの背後に控える与力の十手は、差配用の飾りのようなもので八寸ほどの小ぶりにできていた。

「引けっ、引くんやっ！」

捕り方の武器を見慣れている源五郎は、左内の言葉に嘘偽りがないことを察し、すぐさま大声で怒鳴った。

声より先に浪人どもを助け起こした若衆たちが、踵を返して次々と逃げ出した。

慌てて若衆の後を追った源五郎の脚に、虎庵が投げつけた樫の棒が絡みついた。

その場でもんどりうった源五郎を助けようと、すぐさま六尺大男が駆け寄ったが、その尻に亀十郎の蹴りが飛んだ。

佐助と亀十郎が源五郎を取り押さえると、虎庵が六尺大男に向かっていった。

「松風とたぬ吉を返して欲しければ、松風の治療費と薬代二百両、たぬ吉の命代三文、合計二百両と三文、耳をそろえて持ってこいと周五郎に伝えろ。わかったなっ！」

「ひ、ひえーっ」

転んだ六尺大男は弾かれたように立ち上がると、大柄な身形に似合わぬ敏捷さで逃げ出した。

六

源五郎の襟首を掴んで庭先に出た虎庵は、その場にうち捨てた。

「佐助、このたぬ吉様の体には、訊きてえことが山ほどあるんだ。さっさと土蔵に運んじまってくれ。今夜は長い夜になりそうだぜ」

虎庵は聞こえよがしにいった。

「そうですね。こいつらは屋敷に火を付けようとしましたからね、まずは髪の毛を一本残らず、燃やしてくれましょう」

松明の燃えかすをぶらつかせながら、歩み寄った佐助のドスの効いた声に、源五郎は全身を震わせた。

「左内の旦那はどうする。こいつは大坂の岸和田一家とかいうヤクザ者の一味だ。なんで大坂のヤクザが、江戸で遊郭をやっているのか、あんたもこいつに訊きてえことがあるんじゃねえのか」

「いや、俺がいたんじゃ、お前さんたちもやりにくかろう。どうせ火付けをしたそいつは火あぶりだ。死んじまったら首を落として大川に流しちまってくれれば、奉行所の手間が省けるってもんだ。さて、俺は八丁堀に帰るとするか」

芝居がかった台詞を吐いた左内は十手を帯に手挟み、そそくさとその場を立ち去った。

町奉行所の与力が私的な拷問を咎め立てせず、見て見ぬ振りを決め込んだ現実に、源五郎は半泣きになった。

「おう、さっさと立ちやがれ。その浪速育ちのちっちぇえ体によ、江戸者の恐ろしさをたっぷりと教え込んでやるからよ」

佐助が源五郎の耳元に囁き、襟首を掴んだ。

「ひっ、か、堪忍や、なんでも話すから、堪忍しておくんなはれ」

源五郎は佐助に向かって両手を合わせ、必死で懇願した。

「何をいってやがる。お前はこの屋敷に松明を投げ込んで、先生たちを焼き殺そうとしやがった火付け野郎だ。火盗改に突き出せばその場で打ち首だが、お前さんは幸運だぜ。俺たちが訊くことに素直に答えれば、命はたすかるんだからよ。いいからさっさと立ちやがれ」

佐助はそういうなり源五郎の腹を蹴り上げ、土蔵に引きずり込んだ。

「先生、石抱き、むち打ち、海老責め、釣り責め、どれにいたしやしょう」

源五郎を柱に縛りつけた佐助は、緊張した面持ちでいった。

「そういう、こちらが疲れる責めはやめておこう。こっちが楽で、こいつだけが地獄の苦しみを味わう方法を考えてくれ」

虎庵は芝居がかった口調で、冷たくいい放った。

「それじゃあ、こないだみたいに、俺がこいつの体中を匕首で切り刻み、先生が適当なところで傷口を縫い合わせる、あれはどうですか」

佐助は懐から匕首を取り出し、ペロリと赤い舌で舐めた。

源五郎を脅す芝居とわかってはいるが、佐助の迫真の演技に愛一郎は身震いした。

「いや、傷口を縫うのも結構疲れるんだ」

「それじゃあやっぱり水責めですね。こいつの口に漏斗を突っ込み、小便やドブの水を流し込むんです。まあ、一斗も流し込めば胃の腑が破裂しちまいますがね」

「そいつは苦しそうだが、ろくに話ができねえだろう。今日のところは、まずこいつで、たぬ吉の両手を潰しちまってくれ」

虎庵は傍らの棚に置いてあった金槌を源五郎の前に投げた。

すぐさま佐助が金槌を拾い上げた。

「でも先生、手が潰れたくれえのことで、腹の据わった大坂のヤクザ者のこいつが口を割りますかねえ」

「どうだかな。だがこれはエゲレス流の責めでな、手の骨ってのは鶏の骨みてえに細くてもろいんだ。だからその金槌で叩かれたら、粉々に砕けちまって二度と元には戻ることはねえ」

「へえ、そうなんですか」

「あとはその手を丁寧に揉んでやるとな、粉々になった骨が肉に突き刺さり、痛えの痛くねえの、あの屈強な異人でも泣き叫びながら、なんでも吐いちまうそうだぜ。しかも粉々になった骨が、肉に突き刺さる激痛は一生消えず、この責めをやられた者は、手首から切り落としてくれと泣いて懇願するそうだ」

虎庵の台詞に、投げ出された源五郎の両脚がガクガクと震え、股間からもうもうと湯気が上がった。

「す、すんまへん、なんでも話しまっさかい、か、堪忍しておくんなはれ」

源五郎は震える声でいった。

「そうか。素直に話すか」

「へ、へいっ」

「じゃあ訊くが、松風にかがせた阿片は、どうやって手に入れたんだ」

「阿片？　なんのこってす」

源五郎は眉毛を八の字にし、困惑した表情でいった。

「ほう、まだとぼけやがるか。さすがに大坂のヤクザ者は腹が据わっているな」

虎庵は源五郎の前にしゃがんだ。

「ほ、本当に阿片なんて知らんのや」

「佐助、こいつはやっぱり、手めえが置かれた立場がわかってねえみたいだな」

虎庵の声に、佐助は金槌を漬け物石に打ちつけた。

耳奥がむず痒くなるような鋭い金属音に、源五郎が全身をビクつかせた。

「おう、たぬ吉、周五郎が遊女たちに渡した香のことだよ」

佐助は金槌で手のひらをぺたぺたと叩いた。

「な、なんや、極楽香のことかいな」

「なんだ、わかってるじゃねえか。それが阿片なんだよ」

虎庵はそういって、源五郎の青々とした月代をピシャリと叩いた。

「ちょ、ちょっと待ってえな。あれはうちの親分が堺の商人から買うた、媚薬効果のある清国のお香や。阿片なんかとちゃうで」

源五郎がいい終わるや、佐助は無言でもう一度金槌を振り上げ、力一杯漬け物石に叩きつけた。

再び鋭い金属音が鳴りひびき、虎庵の耳奥がジンジンとした。

「おい、たぬ吉。手めえは阿片がどういうものか知っているのか」

「阿片なんて、知るわけありまへんがな」

「じゃあ、なんであれが、阿片じゃねえといい切れるんだ」

「そらあ、親分が、お香やっていうんやさかい……」

「先生、こいつはどうも、自分が置かれた立場がまだわかってねえようです」

佐助は縛り付けられた源五郎の手の下に、大きな漬け物石を移動した。

「う、嘘やない、ほ、本当なんやて」

顔を上げ、佐助と虎庵の顔を交互に見た源五郎は涙を浮かべ、懇願するように何度も頭を上下させた。

「どうやら、長い夜になっちまいそうだな」

　虎庵がぽつりと呟いた。


　その晩は結局、若衆頭にもかかわらず、一家のことなど何も知らない源五郎の口からは、なにひとつ聞き出すことができなかった。

　ろくな責めをしたわけでもないのに、気絶した源五郎を捨て置き、縁側に戻った虎庵たちは、まんじりともせぬまま夜明けを迎えた。

「先生、あいつ、岸和田一家の若衆頭とかいってましたが、本当なんですかね」

　佐助は首を傾げながら腕を組んだ。

「自分でそういうんだから、そういうこったろ」

「でも先生、野郎が若衆頭ということは、岸和田一家の周五郎とかいう親分も、たいした野郎じゃねえんじゃねえですか。あんな子分たちを使って、江戸に進出なんて無理にもほどがあるでしょう。ちょいと脅かせば、『芝浜屋』も『白菊楼』も手放して、大坂に逃げ帰るんじゃねえでしょうか」

　佐助の顔は、いつもの風魔の幹部に戻っていた。

「かもしれねえな」

　虎庵が気のない返事をしたとき、明け六つ（午前六時）の鐘が鳴り、愛一郎が廊下を走ってきた。

「先生、大変です。岸和田一家の周五郎が、ひとりで訪ねてきました」

「ほう、朝っぱらからご苦労なこった。愛一郎、奴をここに案内しろ。佐助と亀十郎は隣の部屋で控えていろ」

佐助と亀十郎は、すぐさま廊下の奥の部屋に移動した。

ほどなくして、愛一郎に案内された周五郎が姿を現した。

いかにも高級そうな銀鼠の羽織と着物を着た男は、痩せ形で中背、右頬の大きな刀傷と狐目が、冷酷さを際だたせている。

周五郎は廊下に座り、丁寧に頭を下げた。

「わては大坂の岸和田一家をあずかる周五郎でございます。この度はうちの若い者が、先生にえろうご迷惑をおかけしましたようで、このとおりでございます」

「風祭虎庵だ。そこで話もなんだから、こっちにきてくれ」

虎庵は自分の向かいの長椅子に腰掛けるよう、周五郎に促した。

「それでは失礼させてもらいまっさ」

周五郎はそういって長椅子に腰掛けると、やにわに袂から財布を取りだし、中から一文銭を三枚つまみ上げ、目前の卓上に並べた。

「なんだね、それは」

「いえいえ、うちの若い者から若衆頭の源五郎の命は三文と、たしかにこの耳で聞きましたが、違ってましたやろか」

周五郎は冷酷そうな笑みを浮かべた。

「ほう、松風はどうするんだい」

「松風？　あの女のことは、もうわてらには関わりのない話でございます」

周五郎はそういってニヤリと笑うと、もう一度右手を懐に差し入れ、明らかに殺気を放った。

だが虎庵は微動だにせず、周五郎の目を見つめた。

「これは松風の借金の証文でございます。どうぞ、ご迷惑料としてお納めください」

周五郎はニヤリと笑い、三文の脇に証文を置いた。

「どういうことだ」

「なあに、品川の『芝浜屋』と吉原の『白菊楼』は、角筈一家の我次郎親分に千両で買うてくれと頼まれて手に入れましたが、昨日、思いのほか高値で買うてくれるお大尽が見つかりましたんや」

「ほう、そういうことか。お大尽はどこのどいつか、教えて貰えねえかな」

今度は虎庵が不敵な笑みを見せた。

「ふざけたことをゆうたらあきまへんで。そればっかりは、いくら風魔の十代目でもお教えするわけにはいきまへん。さあ、用件はこれで終いや。さっさと源五郎を返して貰えまへんか」

「風魔の十代目だと……」

自分の正体を知っている周五郎に、虎庵のこめかみがピクピクと震えた。

虎庵が二度、柏手を打つと、隣の間で控えていた佐助が、源五郎を連れて廊下に姿を見せた。

なぜか虎庵の正体を知る周五郎は席を立った。

「お、親分」

「源五郎、怪我はないやろな」

「へえ」

「江戸での商いも済んだことやし、大坂に帰るで。それじゃあ十代目、おおきに」

周五郎は虎庵に背中を向けたままいうと、さっさと廊下に出た。

源五郎は事情が飲み込めず、首を傾げながら周五郎の後を追った。

周五郎と源五郎が帰った良仁堂の奥座敷は、重苦しい沈黙に包まれていた。

虎庵も、佐助も、亀十郎も俯いたまま、ひと言も発することができない。

そこに周五郎たちを見送った愛一郎が座敷に戻った。

「いま、お帰りに……」

重苦しい空気を察した愛一郎は、言葉を飲み込んだ。

「佐助、どういうことだ。奴はたしかに俺に対し、風魔の十代目といった……」

「お頭、私もたしかに聞きましたが……」

佐助は答えあぐね、俯いたまま頭を左右に振った。

愛一郎も事情を察し、その場に座った。

「奴らを生かしたまま、小田原を越えさせるわけにはいかねえな。風魔の里への指示を頼む」

「はい」

佐助は返事をすると、すぐさま吉原へと向かった。

七

一方その頃、箱根の関所を抜けた四人組が一路、江戸を目ざしていた。

揃いの縞の合羽に三度笠、見るからに渡世人とわかる男たちは、地蔵堂を抜けて権現坂を下り、さらにお玉坂を下ろうとしていた。

男たちは先頭から長男の辰吉、次男寅次郎、三男雀右衛門、四男亀松という四人兄弟で、京を根城にする「鞍馬死天王」と恐れられる賞金稼ぎだった。

辰吉は脇差しを使った喧嘩殺法、寅次郎は鎖鎌、雀右衛門は槍、亀松は鉄砲を得意としている。

「辰兄い、それにしても、とんでもねえ坂やで」

一番背の高い寅次郎が、前を歩く辰吉の背にいった。

「寅次郎、黙って歩くんや。箱根の関所から小田原までは四里八丁、このまま行けば日没前には到着するはずや」

辰吉は押し殺した声でいった。

四人は丹波村雲党が全国の諸事情を探るために放った、軽業一座の旅芸人の子として育ったが、二十年前に流行った風邪がもとで、四人以外の一座の人間が全て死んでしまい、四人は鞍馬寺に預けられて小僧になった。

鞍馬寺には源義経が兵法を学んだという伝説があるように、この寺の歴代住職はあらゆる武術に精通し、これはと見込んだ修行僧にだけ、修行の一貫として様々な武術を身につけさせた。

住職は四兄弟の個性を見抜き、剣術、鎖鎌、槍、鉄砲の技を授け、十二年にわたってその腕を鍛えあげた。

そして四男の亀松が十六歳になったのを機に、丹波村雲党の命で京の四条に居を移し、京や大坂を荒らす賞金首を狙う賞金稼ぎとなった。

もっとも奉行所がお尋ね者の首にかける賞金は、せいぜい五両か十両がいいところで、百両を超える賞金首はそうそういない。

命がけで五両の首を取ったところで、移動や宿泊で一両、残りを四人で分ければひとり頭一両にすぎず、決して割のいい仕事ではない。

四人の正体は丹波村雲党やヤクザ、商人が個別にかけた賞金を狙う殺し屋だった。

「それにしても辰兄い、今時、千両もの賞金がかけられる野郎ってのは、いったいどうゆう野郎なんや」

「十代目風魔小太郎、鬼と恐れられた東国の忍びの統領や。甘く見とったら、痛い目に会うのは儂らや。無駄口を叩いとらんで、先を急ぐで」

辰吉は正面を向いたまま歩を早めた。

すると突然、一陣のつむじ風が吹いて街道の砂を舞い上げ、四人の姿はかき消えていた。

昼過ぎ、午前中の診療を終えた虎庵は、吉原の「小田原屋」にいた。

岸和田一家の周五郎と子分たちの抹殺を命じられた佐助は、その旨を告げた風魔の里への暗号文を幸四郎と獅子丸に託し、愛一郎とともに花房町の「甚鎌」にお鶴の迎えに出ていた。

大坂のヤクザに正体を見破られていた現実を知った虎庵は、離れの縁側に座ったまま呆然と空を眺めた。

空は紺碧に晴れ渡り、冬の到来を予感させる冷たい風が頬を撫でた。

——なんで周五郎は、俺の正体を知ってやがったんだ……。

虎庵は必死で考えてみたが、どうしてもその理由がわからなかった。

自分が風魔の十代目を襲名したことを秘密にした憶えはない。

だが、だからといって大坂くんだりのヤクザ者に、面と向かって風魔の十代目と名指しされる憶えもない。

それが闇の世界といえばそれまでだが、いくら考えても出ぬ結論に虎庵は大きなため息をついた。

すると背後から佐助の声が聞こえた。

「お頭、『甚鎌』の親父とお鶴さんをお連れしました」

「お鶴さんの具合はどうだ」

「大分、熱が高く、隣の部屋に用意した床におります」

「そうか、それじゃあ夜具ごと、ここに運んでくれ。愛一郎はどうしてる」

「お鶴さんについてます」

「そうか、愛一郎には道具の準備をするようにいってくれ」

させてきた。

虎庵は振り返ることなく指示を出した。

風魔の十代目を襲名して以来、すでに十名以上、不治の病に倒れた遊女たちを往生させてきた。

遊女たちの多くは梅毒が脳に廻り、すでに正気を失って涎を垂れ流し、あとは狂気のうちに死を待つ者ばかりだった。

遊女屋を経営する立場からすれば、いつまでも座敷牢と化した布団部屋に閉じこめておくわけにはいかないし、佐助の説明では、そういう女たちは夜中に大川に投げ捨てられるのが通例になっていた。

それが体を張り、苦界で生き抜いてきた女たちのなれの果てであり、その女たちの体で金を稼いできた遊女屋の仕打ちかと思うと、女たちがあまりに哀れで虎庵はいてもたってもいられなかった。

みずからの手で痛みを感じることなく往生させ、病苦から解放した上で懇ろに弔ってやりたかった。

それが風魔の統領として、してやれる唯一のことと思ったのだ。

だが虎庵とて人間、安楽死に対する迷いがないわけでもない。

事実、患者の体内に突き刺した三綾針から伝わる鼓動は、虎庵の指先から消えることはなかった——。

ほどなくして亀十郎と佐助が、夜具ごとお鶴を乗せた戸板を奥座敷に運び入れた。

「佐助、ここに運んでやってくれ」

縁側の日だまりで、胡座をかいていた虎庵が立ち上がった。

すかさず佐助と亀十郎がお鶴を載せた戸板を縁側に運んだ。

激痛に耐えかねたお鶴が身をよじらせ、悶え苦しみながら掛け布団を蹴落とした。

すでに全身やせ細っているにもかかわらず、石のように硬いしこりを内包する両の乳房だけが異様な張りを見せている。

柔らかで暖かな日差しに包まれたせいか、みるみるお鶴の眉間に刻まれていた縦皺が薄れ、固く握られた拳から力が抜けた。

虎庵はお鶴の乱れた裾を整えた。

「佐助、例の物を」

「はい」

佐助と愛一郎がすぐに部屋を出た。

「甚五郎、ここにきてお鶴さんを起こしてやってくれ」

「へい」

甚五郎は音もなくお鶴の脇に移動すると、お鶴を背中から抱き起こした。

秋の穏やかな日差しが、寄り添う老夫婦を優しく包んだ。

そこに大きな皿を抱えた佐助と愛一郎が戻った。

抱えた大皿には、麹町にある将軍御用達の鰻屋「丹波屋」から届けさせた蒲焼きが載っていた。

「親父さん、『丹波屋』の鰻だ」

「た、丹波屋ですって？　お鶴、聞いたか、将軍様御用達の鰻だってよ」

甚五郎は目を閉じたまま、太陽に顔を向けているお鶴の頬を軽く叩いた。

「あんた、聞こえてますよ……。あー、お天道様を拝めるなんて、久しぶりだねえ。なんて気持ちがいいんだろ」

お鶴は正気を取り戻したように柔和な笑みを浮かべて答え、まぶしげにうっすらとまぶたを開いた。

そしてみずからの手で胸を覆う浴衣の袷をもどかしげに開き、腫瘍に冒された乳房を太陽に晒した。

「ああー、あんた、お天道様が暖かで気持ちがいいよ」

お鶴の目尻から、涙が一筋流れた。

甚五郎はお鶴の目尻に唇を寄せ、それを吸った。

「腹が減っただろ。鰻をご馳走になるかい？」

「うん……」

お鶴は力なく頷いた。

「ようし、将軍様の鰻だぜ」

甚五郎は小さく切った、ふっくらと柔らかな蒲焼きをひと切れ、わずかに開いたお鶴の口の隙間に滑り込ませた。

「美味しい……あんた、鰻って、美味しいねえ」

「ささ、もう一口どうだい」

「ううん、あたしはもうたくさん。あんたも将軍様の鰻をご馳走におなりよ」

「そうだな」

甚五郎は箸で摘んでいた鰻の切り身を頬張った。

「美味しいだろう……」

「ああ、お鶴、うめえ鰻だぜ」

「よかったねえ。将軍様の鰻……」

「ああ、ああ、そうだなあ」

「あんた、ありがとうねえ……」

お鶴はゆっくりと目を瞑り、気持ちよさげな寝息を立て始めた。

ほどなくして、虎庵の指示を受けた愛一郎が鰻の皿を片付けていると、穏やかな顔で寝ていたはずのお鶴が、突然苦しみだした。

さっきまでの穏やかな表情が嘘のように歪み、手足をばたつかせながら悪鬼の形相で中空を睨んだ。

恋女房が苦痛に耐えかねて発する獣のようなうめき声に、甚五郎は現実に引き戻された。

「先生、よろしくお願いします」

「わかった。愛一郎、急げっ！」

甚五郎の腕の中でお鶴は乳を掻きむしり、身をよじって苦しんでいる。

愛一郎は道具箱から、鍼治療用の鍼を二本と三綾針を取り出した。

三綾針は漢方で膿んだおできを切除したり、切開したりするときに使う医療器具で、先端が鋭く尖った全長一尺ほどの鋼鉄製の細い三角錐だ。

三つの辺の綾は触れただけでも、指の皮膚が切れるほど鋭利に研がれている。

「佐助さん、これを……」

佐助は愛一郎から銀製の細い筒に納められた鍼を受け取った。

そして甚五郎に背後から抱きかかえられたお鶴の右手を取ると、親指と人差し指の付け根にある合谷のツボを捜した。

佐助を見た愛一郎はお鶴の左手をとり、人差し指と親指の合谷のツボに銀製の細い筒をあてがった。

そして筒から飛びだした鍼の頭を人差し指で軽く叩き、筒全体を軽く回すようにしながら筒だけを外した。

ふたりは風魔谷で身につけた鍼灸の術で、お鶴に全身麻酔を施した。

しばらくすると、苦痛に身をよじっていたお鶴の全身から力が抜け、四肢の動きが止まった。

お鶴はゆっくりと目を見開くと、甚五郎の顔を見上げた。

「あ、あんた……」

全身麻酔の効果で激痛から解放されたお鶴の眉間から、刻まれていた深い皺と頬の強ばりが消え、わずかに口角が上がった。

お鶴が久しぶりに見せた少女のような笑みに、甚五郎の目から大粒の涙が落ち、ゆっくりとまぶたを閉じたお鶴の全身から、みるみる力が抜けた。

「先生」

愛一郎は虎庵を見て、小さくうなずいた。

虎庵は銀色に輝く一尺ほどの三綾針を左手に持ちかえた。

そして背後からお鶴の左肘を掴んで持ち上げ、その下に首を潜らせた。

うっすらと毛の生えた、お鶴の腋窩が虎庵の眼前に晒された。

虎庵は指先でお鶴の肋骨の隙間を探り、ゆっくりと三綾針を突き刺した。

一尺以上もある三稜針が、お鶴の肉体にみるみる吸い込まれていく。

だが全身に麻酔が効いているお鶴は、笑みを浮かべたまま微動だにしない。

お鶴の力強い鼓動が、三稜針の先端から虎庵の指先に伝わってきた。

病はすでにお鶴から正気を奪い、皺だらけに痩せ衰えた肉体から、生命の息吹や輝きまでも奪っている。

にもかかわらず、心臓だけは諦めということを知らないかのように、力強く動き続けていた。

虎庵は意を決し、三綾針の後端にある球に親指の腹を添えた。

そして左手に力を込め、ゆっくりとさらに深く、三綾針を突き刺した。

三綾針を通して指に伝わっていた鼓動が消えた。

笑みを浮かべ、わずかに開いていたお鶴の唇の隙間から、わずかに息が漏れて絶命した。

虎庵はすぐさま三綾針を抜き、お鶴から離れた。

「先生、本当にありがとうございます」

背後からお鶴を抱きかかえていた甚五郎は、がくりと項垂れたお鶴のうなじに顔を埋め、肩を震わせた。

第二章　千両首の男

一

翌日、お鶴の葬儀を終え、神田川沿いの左右衛門河岸を柳橋に向かう虎庵と佐助は、背後からした聞き慣れない男の声に振り返った。

「風祭……虎庵先生じゃござんせんか」

縞の着物を着崩した、すらりと背の高い、いかにも遊び人風の男が立っていた。

腕を組んだままペコリと頭を下げた男は、一見、歌舞伎役者のような優男だが、袖口から刺青がほどこされた腕がのぞいている。

「どちらさんかわかりませんが、何の用でございましょう」

佐助がふたりの間に割って入った。

「これは失礼いたしやした。あっしは金吾と申しまして、内藤新宿の角筈一家をあずかるケチな野郎でございます」

「角筈一家の金吾だと？」

　虎庵が訝しげな顔をした。

「虎庵先生と佐助さんでしょ。よろしかったらそこらで一杯いかがですか」

　金吾はヤクザとも思えぬ爽やかな笑みを浮かべ、左手で杯を持つ真似をした。

「そこらで一杯といわれても、見ず知らずの男にほいほいついていけるか」

　要領を得ない金吾の態度に、警戒の色を強めた佐助は語気を強めた。

　すると虎庵が、佐助の袖を掴んで制した。

「いまたしか、角筈一家の金吾さんといったな」

「へい」

「俺はしがねえ蘭方医だ。内藤新宿のヤクザに知り合いはいねえが……」

「先生、ひと月ほど前の満月の夜のことでございます。三歳ほどの子供を連れ、真夜中に良仁堂をお訪ねした母子を憶えちゃあいらっしゃいませんか」

「ひと月前の満月の夜……ああ、流行風邪に罹り、高熱を出した三歳くらいの子供を抱いた、やけに奇麗なおっ母さんが飛び込んできたが……」

「へい。その母子ってのが、あっしの女房と倅でございます。あの晩、女房のお篠は死にかけた倅を抱き、三軒もお医者を訪ねやした。ところがどのお医者にも、手のほどこしようがねえと首を横に振られたそうです。それで途方に暮れていたところ、軍鶏鍋屋の『甚鎌』の甚五郎旦那に出くわし、良仁堂を紹介されたそうです」

「そうか、うちを教えたのは甚五郎だったのか」

「へい。それでお篠は倅を抱いて、刻もわきまえずに良仁堂の門を叩いちまったというわけです」

「そうだそうだ。確か夜中の九つ（午前零時）を過ぎていたはずだ」

応対に出た愛一郎が通用口を開けると、髪を乱した顔面蒼白の美人が立っていたとかで、幽霊と間違えて腰を抜かした。

虎庵はそのときのことを完璧に思い出したようで、思わず笑い出した。

「あのバケベソをつかまえて美人って、先生、目の方は大丈夫ですか」

「馬鹿をいうな」

「すいやせん。そんなわけで先生には、うちの倅の命を助けていただきやしたご恩があるというわけです。あっしもすぐに、お礼に伺わなくちゃと思っていたんですが、ちょいと一家のもめ事が続いておりやして、今日まで失礼してしまいました」

「病気の治療をするのは医者の仕事。気にしねえでくれ」

「そうはいきやせん。どうでしょう、よろしかったらそこらで、あっしに一杯奢らせちゃあいただけませんでしょうか」

金吾は爽やかな笑顔でいった。

「そういうことなら、ご相伴にあずかるとするか。佐助も一緒でいいかな」

「どうぞどうぞ、それじゃ、そこにあっしの知り合いの料理茶屋がございますんで、ご案内いたしましょう」

金吾はそういうと、五間ほど先にある「柳葉」と白く染め抜かれた暖簾のかかった料理茶屋に、虎庵と佐助を案内した。

二階の小部屋で酒を酌み交わしながら半刻ほど世間話を済ませると、金吾は突然、懐に右手を差し入れた。

それを見た佐助は、瞬時に懐に忍ばせた匕首を握って身構えた。

「さすがは佐助さん。でも心配はいりやせんぜ」

金吾は屈託のない笑みを浮かべ、懐から取り出した人相書きのようなものを虎庵の前に差し出した。

「なんだい、それは……」

「先生、そいつをよくご覧ください」

「こ、これは……」

佐助が息を飲んだ。

「見てのとおり、先生の人相書きと似顔絵ですよ。理由はわかりませんが、大坂堺の

『堂島屋』とかいう廻船問屋が、先生の首に千両もの賞金をかけたんです」

「そのようだな……」

虎庵は人相書きを佐助に渡した。

「千両だとっ！　金吾親分、いったいどこで、こんなものを……」

佐助が全身から殺気を放った。

「佐助さん、あっしは江戸の闇に生きるヤクザですぜ。あっしらは世間のダニですが、ダニにはダニなりの情報網ってのがありやしてね。頼みもしねえのに、こんな物が回ってきたりしちまうんですよ」

「でもなぜ、その人相書きを先生に……」

「佐助さん、あっしらはダニかもしれねえが、亡八者とは違い、義理と人情で生きているんですよ。虎庵先生は倅の命を助けていただいた大恩人。その首に賞金がかけられたとあっちゃ、黙っているわけにもいかねえし、見過ごすわけにもいかねえでしょう」

金吾はそういって、佐助の杯に酒を注いだ。

亡八者とは「仁義礼智忠信孝悌」の八徳を忘れた者のことで、遊女を働かせて生活の糧を得る吉原の風魔は、その最たる者といえた。

「金吾親分、すまねえがこの人相書き、ちょいと預らせてもらえねえかな」

虎庵はそういうと、金吾に徳利を差し出した。

「先生、水臭えこと、いわねえでくだせえよ」

「いや、本当にかたじけない」

「先生に礼をいわれるほどのことじゃありやせん。この江戸のヤクザ者に、風魔の統領の命を狙おうなんて馬鹿は、はなからおりませんからね。ねえ、佐助さん」

一瞬、自分の耳を疑った虎庵の視線が、金吾に突き刺さった。

「ふ、風魔って、お前さん、なんでそのことを……」

「先生、蛇の道は蛇というでしょう。風魔の吉原には幕府のお墨付きがあり、あっしらが江戸の津々浦々で商う岡場所にはそれがねえ。でも、女で商売していることは一緒です。よくいえば商売仲間、悪くいえば商売敵ですからね、知られたくねえことを知っているのはお互い様のことですよ」

「そりゃそうだが、それにしてもまいったな……」

虎庵は自分の不明を恥じた。

「ちなみにですが、去年、先生が風魔の十代目を襲名されたでしょう」

「ああ」

「その翌日には、江戸中のヤクザがそのことを知ってましたぜ。その昔、お上と風魔が組んで、湯女を禁止したことがありましてね、あっしらは商売あがったりになったことがあるんです。そんなことがまた起きねえとは限らねえですから、あっしらが鵜の目鷹の目で、吉原の動きに目端を利かせるのも仕方がねえでしょう」

金吾はかつて湯女に客を奪われた吉原遊郭が、幕府に泣きついて銭湯から湯女を閉め出させたことをいっていた。

「裏切り者に、我らの動向を探らせていたのはお前さんたちだったのか」

「裏切り者？　虎庵先生が十代目を襲名された後、みんな姿を消しちまったのは、やはり、そういうことだったんですね」

虎庵は十代目を襲名した後、タガが緩みきった風魔内の裏切り者をあぶり出し、皆殺しの粛正を行なった。

金吾はそれを見透かしたように笑った。

「親分、この話は上方にまで伝わってるのかね」

「虎庵先生、あっしらが知っているってことは、上方どころか日本全国のヤクザ者が知っているってことですよ」

正面から虎庵の目を見据えて話す金吾に、虎庵は嘘がないことを確信した。

同時に大坂への帰路についた、岸和田一家の周五郎と子分たちを始末するよう命じてしまった早計さを悔いた。

「金吾親分に教えて欲しいことがあるんだが……」

「あっしでよければ、なんでもお答えいたしやすぜ」

金吾は居住まいを正し、大きく頷いた。

「品川の鬼辰一家から『芝浜屋』と吉原の『白菊楼』を買ったとかいう……」

「大坂の岸和田一家ですか」

「そうだ。その岸和田一家の周五郎は、すでに誰かに『芝浜屋』と『白菊楼』を転売し、大坂に戻ったというのは本当かね」

虎庵は周五郎の口から直接聞いた話を疑っているわけではなかったが、金吾たち江戸のヤクザの情報収集能力を知るには好都合の質問だった。

「さすがは風魔、先生もかなりの地獄耳ですね」

「それほどでもねえよ」

虎庵は金吾の杯に酒を注いだ。

「たしかに今朝方、『芝浜屋』にいた岸和田一家の野郎どもが、大挙して西に向かったそうです。あっしも色々調べさせ、二軒を二千両で売ったということまではわかってるんですが、売り先まではまだ……」

「そうか、ならいいんだ。それにしても角筈一家の新親分は、先代の念仏の我次郎とは、随分、人柄が違うみてえだな」

「先代は先々代の遺言で跡目を継ぎましたが、ご存知のように人柄に問題がありまして、直属の子分はたったの三人という男でした。ただあっしらの世界では、どんな外道でも、一度、親子の杯をかわしちまったら親は親、絶対に逆らうわけにはいかねえんですよ」

「なんだか侍の世界みてえな話だな」

「組織の掟とはそういうもんでしょ。もっともあの外道の弔いの席では、泣く奴なんてひとりもおりませんでね、赤飯の握り飯を食っている奴もいたくらいなんですよ」

「それじゃあ、親分殺しの下手人は、見つかりそうもねえな」

「そうですね。親を殺られりゃ、仇を取るのが子の筋です。でも、見つからなきゃ仕方がねえですからね」

　金吾は意味深な笑みを浮かべた。

その顔は非情なヤクザそのものだった。

だが次の瞬間には、なんとも爽やかな笑顔になった。

「お頭、どうやら江戸の闇も、少しは仁義や義理人情が通じるようになるのかもしれませんね」

　佐助が呟いた。

「佐助、俺たち亡八者が、偉そうなこといっちゃいけねえぜ」

「おふたりさんとも、ケツがこそばゆくなるような洒落はやめてくだせえ」

金吾は照れくさそうに杯を呷った。

「ところで金吾親分、あんたはどこの藩の出だね」

「え？」

金吾は虎庵の思わぬひと言に唖然とし、その脇で佐助が酒を噴き出した。

「いやあ、虎庵先生にはかなわねえな。じつは三十年も前のことですがね、親父が江戸詰だったときに、藩の金をちょろまかしたとかでお役御免になっちまったんです。それでいろいろありやして……。ま、これ以上は勘弁してくだせえ」

「いや、俺の方こそつまらねえことを訊いちまった。話してくれてありがとよ」

虎庵は金吾に徳利を差し出した。

それから半刻後、金吾と別れた虎庵と佐助は、柳橋で見つけた猪牙舟に乗った。

「船頭、三味線堀まで頼むぜ」

「へい」

手拭いをかぶった船頭は、虎庵が差し出した一朱金を受け取った。

「旦那、こんなにいただきすぎです……」

「いいんだよ。今日は、やけに美味え酒を飲んじまったんだ。なあ、佐助」

「そうですね。金吾親分ってお人は、思った以上の人物かもしれませんね」

「裏切りと謀略で戦国の世を生き抜いた侍は、亡八者の元祖みてえなもんなんだが、ガキの頃はそんな正体も知らずに、儒学だなんだと教え込まれるんだ。おそらく、あの親分の中でも、そんなガキの頃の記憶が今でも生きているはずだぜ」

「そうですよね。でなけりゃヤクザとはいえ、江戸の闇を牛耳るほどの親分になれるわけがありませんよね」

「お前も見たとおり、ありゃあ外道やダニの顔じゃねえ。ことによったら、江戸の大親分になれる男かも知れねえな」

「先生はなんで、あの親分が侍の出だとわかったんですか」

「骨の髄まで染みついちまった侍の匂い……かな。事情はわからねえが、藩の金に手をつけた親父の轍を踏まねえように、おっ母さんに厳しく育てられたんだろ」

「でもなんでヤクザなんかに……」

「佐助、いわぬが花、知らぬが仏ということもあるだろう」

「そうですね。でもお鶴さんが、あんな男と引き合わせてくれたのかと思うと、きっと成仏してくれたってことでしょうね」

しみじみといった佐助は、何とはなしに柳橋を見上げた。

すると揃いの縞の合羽に三度笠姿の男たちが四人、次々と橋を渡っていった。

「なんだか柳橋に似合わねえ野郎たちだな」

このとき佐助と虎庵は頭上を通る四人の男たちと、命を賭けた壮絶な死闘を繰り広げることになろうとは、夢にも思わなかった。

船頭が鳥越側の河口に舟を寄せたとき、一陣の爽やかな川風が虎庵の頬を撫でた。

二

一方その頃、足柄の風魔谷では、虎庵から岸和田一家殲滅の命を受けた風魔の若手幹部、幸四郎と獅子丸が長老の左平次の前で項垂れていた。

「お前たち、お頭に命じられたからといって、このような理不尽な話を黙って聞いておったとは、風魔谷で何を学んでおったのじゃ」

長老の左平次は顔を深紅に染め、怒りを露わにしていた。

「だが長老、お頭は正体を隠し、良仁堂の町医者になっているのだから……」

「幸四郎。十代目が江戸の民のために、診療所を開設したことは立派なことじゃ。だが江戸や西国にかかわらず、我らと同じく闇に生きる者にとっては、虎庵様が十代目風魔小太郎を襲名したことなど周知の事実なのじゃ。にもかかわらず、大坂のヤクザに名指しされたからといって慌てふためき、奴らを殲滅しろとはどういう了見じゃ。岸和田一家の者にも、親もいれば女房子供もいるだろう。我ら風魔にしても、ここにいるのは未来ある若者たちと、風魔に尽くしてきた老人じゃ。その者たちに、こんなことのために命を賭けろなどと、どの口がいえるのじゃっ！」

左平次の剣幕に、幸四郎と獅子丸は身をすくめた。

「だが長老、俺たちは佐助に命じられてここにきたんだ。あの佐助が同意していることを、どうして俺たちが断われるというんだ……」

幸四郎がそこまでいったとき、突然、眼前に座っていた長老の姿が消えた。

そして次の瞬間、幸四郎の月代に激痛が走った。

「まだわからぬかっ！」

音もなく着地した長老は仁王立ちとなり、右手に握った煙管をブルブルと震わせた。

「よいか、佐助もお前たちも、お頭がいてくれる安心感から自分の頭で考えることを忘れてしまったのだ。お頭とて人の子、間違うこともあれば、自分の感情を抑えきれないこともある。だがそのとき、お前たち側近の者たちが、お頭の間違いを指摘できなければ風魔はどうなる。幸四郎、お前はお頭の命なら、獅子丸を殺せるのかっ！」

長老はもう一度、幸四郎の月代に煙管を打ちつけた。

だがさすがに幸四郎も風魔だ。

瞬時に後ろに飛んで長老の一撃をかわし、そのまま縁側を飛び降りた。

「長老、いいたいことはわかった。俺たちはすぐさま江戸に戻り、お頭を諫めてくる。さらばじゃっ！」

幸四郎は月代のタンコブを撫でる残像だけを残し、獅子丸とともに風のように消え去った。

「仕方がないのう……」

そう呟いた長老もまた、風のようにふたりの後を追った。

昼過ぎ、庭先に忽然と現れた木村左内は、手みやげの団子の包みを佐助に渡した。そして虎庵に背を向けるようにして、ひとり縁側に腰掛けた。

「旦那、そんなところに腰掛けてねえで、上がったらどうだい」

「いや、ここでいいんだ。すぐに奉行所に戻らなければならねえし」

「今月は非番で暇なんじゃねえのか。無理にとはいわねえが、一杯どうだい……」

虎庵は煙管の雁首を灰吹きに打ちつけた。

「品川の鬼辰一家と内藤新宿の角筈一家の抗争が収まって、ようやく江戸も静けさを取り戻したはずなのによ、なんだか雲行きが怪しくなってきやがったんだ」

「雲行きが怪しい？　昨日、角筈一家の金吾親分と会ったが、先代親分だった念仏の我次郎とは、随分、人柄が違うみたいじゃねえか」

「まあな。金吾のことは心配ねえんだ。奴の親父は小田原藩の勘定方で江戸詰だっただけあって、ヤクザといってもちょぃと毛色が違うんだ」

「そうらしいな。親父さんてのは、いったい何をしでかしたんだ」

「三十年ほど前のことだ。金吾の親父殿は、反りの合わねえ組頭から目を付けられていてな、ちょっとした計算の間違いから公金横領の嫌疑をかけられ、お役御免になっちまった。勘定方の間では、無実の罪を着せられたってのがもっぱらの噂だった」

「侍の世界ってのは、つくづく嫌な世界だな」

「結局、申し開きも聞き入れてもらえなくて、その後は浪人に身を落とし、再仕官を目指して頑張っていたんだ。ところが金吾が七歳のときのことだった。赤貧を洗うような境遇に、お袋さんの方が耐えられなくなっちまってな、眠っていた親父殿をお袋さんが刺し殺し、無理心中しちまったんだ。それで金吾だけ生き残っちまったんだが、それを不憫に思った角筈一家の先々代親分が引き取ったんだ」

「へええ、武士の子がヤクザの大親分に育てられるってのは、酒落がきついな」

「お前さんこそ、なんで金吾を知ってるんだ。それこそ洒落にならねえぜ」

「前に流行風邪を患った子供を治療してやったことがあるんだが、それが金吾親分の倅だったんだってよ。その礼だといって、昨夜、一杯奢ってもらったんだ」

虎庵はそういうと、長椅子から縁側に移動した。

そこに酒の用意をした佐助が現れ、一升徳利とスルメを載せた盆を縁側に置いた。

「そういうことか」

「左内の旦那、それよりさっき、江戸の雲行きが怪しくなったとかいっていたが、どういうこったい」

虎庵は酒が満たされた茶碗を左内に渡した。

「それがな、日本中の賞金稼ぎどもが、江戸に集結しているみてえなんだ。行きがけの駄賃のつもりか知らねえが、賞金稼ぎどもが街道沿いに潜伏してた賞金首を次々ととっ捕まえてきやがったから、この二、三日、月番の北町奉行所はてんてこ舞いの忙しさだ」

左内はそういうと茶碗の酒をひと舐めした。

事情を知らない左内は、しきりに首をひねった。

「お尋ね者が捕まっているなら、結構なことじゃねえか」

「お前さんは、日本中の賞金稼ぎが江戸に集結する理由が気にならねえのか」

「偶然じゃないのかね」

虎庵はとぼけた。

「じゃあ訊くが、『残波楼』の松風の件はどうなった」

「突然どうしたい」

「松風の件で恥をかかされた岸和田一家の周五郎が、闇でお前さんの首に賞金をかけたんじゃねえかと思ったのよ」

「そりゃあねえだろう。迷惑料だといって、松風の借金の証文を持ってきたのは周五郎だぜ。それより旦那、大坂堺の『堂島屋』とかいう廻船問屋を知ってるかい」

虎庵はつまみのスルメを囓った。

「知らねえな。そんな廻船問屋、聞いたこともねえぞ」

「そうか、ならいいんだ」

虎庵たち江戸の風魔が、上方の事情に疎いことはまぎれもない事実だ。

だが南町奉行所与力が知らない廻船問屋が、千両もの大金を虎庵の首にかけたことが、どうにも腑に落ちない。

虎庵は首をひねらざるをえなかった。

「さあて、俺は帰るとするか。大坂堺の『堂島屋』、気になるなら調べておくぜ」

「なに、旦那の手を煩わせるほどのことじゃない。忘れてくれ」

「そうか、それじゃ馳走になったな」

左内はそういって縁側から降りると、右手を軽く挙げたまま振り返ることなく門へと向かった。

夕刻、虎庵と佐助は、下谷寛永寺裏の一画にある古刹、根来寺を訪ねた。

住職の津田幽斎は、河内の武将津田監物の血を引く紀州藩薬込役の藩士で、将軍宣下を受けた吉宗の命で紀州藩薬込役十七家とともに入城した。

その後、紀州藩薬込役十七家は旗本となり、「御庭番」という将軍直属の隠密となるのだが、津田幽齋だけはそのまま浪人となって下野した。

なぜなら幽齋は紀州藩薬込役の紀州藩士ではあるが、その正体は秀吉に滅亡させられた忍軍「根来衆」の末裔だった。

「根来衆」とは、最盛時には寺領七十二万石といわれた紀州根来寺の僧兵のことだが、その数は一万を超えた。

しかも幽齋の先祖である津田監物は、種子島で手に入れた鉄砲を「根来衆」に伝えたことで有名だが、じつは「根来衆」こそが「雑賀衆」など足許にも及ばぬ、鉄砲術と火薬の専門家として、全国の戦国大名に雇い入れられたことを知る者は少ない。

鉄砲の登場と進化によって、それまでの戦術や兵法が過去のものとなることを恐れた秀吉は、その根源ともいえる根来衆を根絶やしにするために根来寺を襲撃し、四百を超える寺の施設は、太子堂、大塔などわずか数棟を残して焼き払われた。

だが戦国の世に全国の大名のもとに散った根来衆は、本拠地の根来寺を焼き落としたところで根絶やしになどできるはずもなく、残党は秀吉の死後、紀州徳川家によって根来寺とともども庇護されてきた。

吉宗が幕府の隠密として存在していた伊賀組、甲賀組、黒鍬衆を無視し、紀州藩から呼び寄せた薬込役十七家を将軍直属の「御庭番」とした話は有名だが、たかだか十七人でできる活動など知れている。

城内にいる旧勢力は、そんな吉宗の行為を酔狂とタカを括っていたが、それこそが吉宗の狙いだった。

吉宗は幽齋を薬込役として江戸入りさせると、すぐさま全国に散った「根来衆」の残党を「暗殺ができる隠密組織」として再編させた。

「御庭番」など、吉宗が城内にいる旧勢力の目を欺くために組織された、目くらましにすぎなかったのだ。

虎庵は武田の隠し金をめぐるエゲレス軍との戦いを機に幽齋と知り合い、以来、刎《ふん》頸《けい》の友といえる関係となっていた。

「幽齋殿、これを見てどう思われる」

虎庵は懐から取り出した、自分の人相書きを幽齋に差し出した。

幽齋は根来寺の住職にもかかわらず、紺の紗の着物を粋に着こなし、総髪をくわい髷に結っていた。

虎庵よりひとまわり小柄な幽齋だが、太い首に肩の筋肉が盛り上がり、鍛え上げられた筋肉が鎧のように全身を包んでいることを物語っている。

幽齋は、黙って人相書きを受け取った。

「賞金千両とは豪気な……いや、風魔の統領の命が千両じゃ安すぎるか」

幽齋はそういって顔を上げると、何ともいえぬ爽やかな笑みを浮かべて虎庵を見た。

「幽齋殿はそこに書かれた、大坂堺の『堂島屋』とかいう廻船問屋をご存知か」

「もちろん存じておるが、まさか風魔の統領ともあろうお方が、『堂島屋』のことを本当に知らぬのか」

「統領といってもたかが一年の新参者ゆえ、恥を忍んで教えを乞うておるのだ」

虎庵は淡々とした口調でいった。

「上方では誰か殺したいときに直接殺し屋を雇わずに、そいつの首に賞金をかけることで事を進めるんですよ。『堂島屋』ってのは、そのときに使う符帳のようなものでね、よいか……」

幽齋はそういって行灯を手元に引き寄せた。

そして中から取り出した蝋燭の炎で人相書きを炙ると、人相書きの中央に焦げ茶色の「安暁寺」という文字が浮かんだ。

「幽齋殿、これはどういうことだ」

「この『安暁寺』という寺が、虎庵殿の首に賞金をかけた張本人だよ」

「だが『安暁寺』などという寺は、はじめて聞いたが……」

「虎庵殿も、京の島原遊郭はご存知だろう」

「いったことはないがな」

「江戸の吉原が風魔のものだとしたら、京の島原は誰のものだと思います」

「わ、わからぬ……」

　風魔の統領となって一年が過ぎたが、風魔の実状すら掴み切れていない虎庵に、京の遊郭のことなどわかろうはずもなかった。

　突拍子もない幽斎の問いに、虎庵はしどろもどろになった。

「お頭、私がご説明しましょう」

　部屋の隅に控えていた佐助が、虎庵の斜め後ろについた。

「うむ、よろしく頼む」

「もとは六条三筋町と呼ばれた遊郭でして、いまから七十年ほど前の寛永十八年、幕府の命によって現在の場所に移転しました。正式には新屋敷というそうですが、移転のときの騒ぎが、島原の乱のようだったとかで、地元では島原と呼ぶようになったそうです」

「ほう、さすがは佐助だな。しかし奈良の木辻遊郭もそうだが、京の遊郭は源頼朝が鎌倉に幕府を開く以前からあったわけで、幕府の力など及ばない魑魅魍魎どもが商いをしていたんじゃねえのか」

　虎庵は思いつくままにいった。

「その通りです。遊里ができるとその地域は必ず発展します。朝廷は遊里を地域振興の要として、意図的に何度も場所を変えさせていたと聞いています」

「佐助、京の遊郭の事情はわかったから、島原を牛耳る野郎の正体を教えてくれ」

「丹波村雲党の忍びと聞いております」

「丹波村雲党？」

「はい、いまは商人に姿を変え、風魔同様、遊郭以外にも京のありとあらゆる商いを牛耳っていると聞きます。そして『安暁寺』は丹波村雲党の菩提寺……」

「江戸の吉原は風魔で、京の島原は丹波村雲党の忍びか」

　虎庵は腕を組み、納得したように大きく頷いた。

「ちょっと待ってくれ。佐助さん、説明はそれだけか」

　幽齋が口を挟んだ。

「はい、私が風魔の里で、長老たちから聞いた話は以上です」

「そうか、この国にいる忍びの流派は九十を超え、特に丹波村雲党は謎の多い忍びだから仕方がないか……」

「幽齋殿、どういう意味だ」

「丹波村雲党というのはな、甲賀流の一派と思われるのだが、千年以上も前から代々の帝や公家の護衛、諜略を担ってきたといわれる忍びだ。戦国の世はもちろん、関ヶ原、大坂の陣でも一切京から動くことなく、多くの忍びとは一線を画してきたのだ」

「そうなると、京の島原を丹波村雲党の忍びが牛耳っているというのは表面上のことで、その背後には公家や帝がいるということか」

「その可能性は高いな。その昔、奈良東大寺の公慶上人は、野ざらしになった大仏に心を痛め、大仏の修理と焼失した大仏殿再建を決意した……」

「たしか元禄五年（一六九二）には、修理を終えて開眼供養が行なわれた。そしてそれをきっかけに、奈良を訪れる人々が急増し、十七年後の宝永六年（一七〇九）には大仏殿が完成した。だが幽齋殿、それと丹波村雲党がどう繋がるんだ」

「公慶上人が大仏殿再建にあたり、最初に訪ねたのが京の商人たち」

「つまり丹波村雲党か」

「ああ、十万両ともいわれる大仏の修理費用、大仏殿の再建費用の大半は、丹波村雲党によって賄われたそうだ」

「しかし丹波村雲党が、ただでそんな金を出すのかね」

「元禄五年の開眼供養以降、たかだか三万人ほどが暮らす奈良に、全国から大仏参詣のために年間三十万人を超える人々が訪れるようになった。おかげで旅籠だけでも千軒を超え、旅人が奈良で使う金は三十万両を超えたそうだ」

「公慶上人は丹波村雲党に、その商売の利権を与えたのか」

「そういうことだろう」

　虎庵は江戸では想像もつかない、奈良や京都の実状に唸った。

「しかし幽齋様、その丹波村雲党が、なぜお頭の首に賞金をかけなければならないんですか」

　核心を突いたのは佐助だった。

「将軍様だよ。幕府の体制強化と四十万両ともいわれる財政赤字を消すために、吉宗様は様々な改革案を次々と打ち出した。佐助、それで江戸の町はどうなった」

「景気が冷え込みました。最悪です……」

「そういうことだ。いまやこの国の景気は全国的に冷え込み、奈良への物見遊山の客も激減している。それがしは昨年の夏、京で島原の実状を見てきたが、廓内は荒れ果て、かつての栄華など嘘のような有様だった。丹波村雲党が、江戸吉原の利権に目をつけたとしても不思議はないのではないか」

「窮鼠猫を噛む……か。たかだか金のために、縁も所縁もない京の忍びに命を狙われるとは、風魔の統領ってのも因果なものだな」

　虎庵のひと言に、幽齋と佐助は押し黙るしかなかった。

三

虎庵と佐助が根来寺を出たのは五つ（午後八時）前のことだった。

寛永寺裏の広大な田畑は漆黒の闇に包まれ、ほんの十日前にはうるさいほどだった虫の鳴き声もどこか力を失っている。

新堀沿いを歩く虎庵と左内は、猪牙舟を留めた善光寺近くの桟橋に急いだ。

「佐助、吉原ってのは、そんなに儲かっているのかね」

「はい。景気が悪くなると儲かる連中もいるようで、吉原だけは相変わらず日千両といわれる売り上げを維持しています」

「そうか。商いは大坂に、政は江戸に奪われちまった、丹波村雲党の気持ちもわからねえではねえが、俺ひとりを殺ったところで、風魔から吉原を奪えるわけがねえだろうに。お前もそう思わねえか」

「はい、とても正気の沙汰とは思えません」

「ま、かかる火の粉は払うしかねえが、佐助、もう少し詳しく調べておいて……」

虎庵が猪牙舟に足をかけながらそこまでいったとき、十間ほど先の草むらから、異様な殺気を放つ三つの影が飛び出した。

「佐助っ、さっそくお出ましのようだぜ」

「はいっ！」

佐助は猪牙舟の隅にムシロで隠した、虎庵の大刀と自分の忍者刀を取り出した。

大刀を受け取った虎庵は、桟橋から堀沿いの農道に飛び出した。

「風祭虎庵、その千両首、この田代十兵衛が貰い受けにまいった」

三人組の中央にいる、身の丈五尺二寸ほどのずんぐりとした侍が、そういって大刀を引き抜いた。

月を覆っていた雲が切れ、漏れた月明かりがずんぐりした侍の細く吊り上がった目と、冷酷そうな髭面が浮かびあがらせた。

額から眉間、右頬に抜ける大きな刀傷が凶悪さを増している。

「人違いではないのか。俺は風祭虎庵とかいう者ではない」

虎庵はそういって一歩前に出た。

それを見た残りのふたりの侍が、大刀を引き抜いて上段に構えた。

ふたりとも髭面より二回りほど大きいが、剣豪というには妙に痩せている。

とはいえ隙のない、全身から発せられている殺気は鋭く冷たい。

「問答無用、お命頂戴つかまつるっ！」

大刀を八双に構えた髭面は、背中を丸めて状態をかがめるようにして、虎庵に向かって猛然と突進した。

それを見た佐助が、刀を抜いた鞘を鋭く振った。

鯉口から飛び出した白い粉が、髭面と虎庵の間に煙幕を張った。

「笑止っ！」

叫びとともに煙幕の中から飛び出した髭面は、虎庵に向かって渾身の突きを繰り出した。

瞬時に大刀を抜いた虎庵はわずかに体を開きながら髭面の大刀めがけ、右手一本で振り下ろした。

鈍い金属の激突音とともに、赤い火花が散った。

両肩にまで突き抜けた衝撃に、髭面は突進した勢いのまま地面を転がった。

それを見たふたりの侍が、上段の構えから同時に斬撃を繰り出した。

一の太刀、二の太刀、三の太刀。

ふたりの大刀が空気を切り裂いた。

後退しながら斬撃をことごとくかわした虎庵は、左手を帯の結び目に回した。

そして帯に仕込んだ二本の三綾針を人差し指、中指、薬指の間に挟むと、その手を目にも留まらぬ早業で振り抜いた。

月光で銀色に輝く二本の三綾針は、糸を引きながらふたりの侍の右目と喉に深々と突き刺さった。

ふたりの侍が、その衝撃と激痛に思わず足を止めると、直刀を逆手に構えた佐助が突進した。

佐助は右手の侍の左脇腹を切り裂きながらその場で鋭く回転し、左手の侍の背中に直刀を突き立てた。

「お、おのれっ！」

地面に転がった髭面は体勢を立て直し、再び低い体勢からの突きを繰り出した。

それを見た虎庵は、半身に構えながら右手一本の突きを繰り出した。

次の瞬間、虎庵の右手に鈍い衝撃が伝わった。

髭面の侍の切っ先は虎庵に到達することなく、その額を虎庵の切っ先に激突させた。

虎庵が瞬時に大刀を引き抜くと、白目を剥いた髭面の侍はその場にくずおれた。

「佐助、急げっ！」

虎庵が猪牙舟に飛び乗ると、艪を握った佐助はすぐさま舟を漕ぎ出した。

切れていた雲が再び月を覆い、あたりは漆黒の闇に包まれた。

山谷堀の桟橋に猪牙舟を留めた虎庵と佐助は日本堤を駆け上り、そのまま「小田原屋」へと走った。

ふたりを「小田原屋」の奥座敷で出迎えたのは、幸四郎と獅子丸だった。

「なにやら血の臭い。お頭、何かございましたかな」

幸四郎と獅子丸の陰に、隠れるようにしていた長老の左平次が姿を見せた。

「なんだ、長老も江戸にきていたのか」

虎庵は返り血を浴びた着物を脱ぎ、佐助に放り投げた。

「なんだではございませぬ……」

「長老、悪いがご覧の有様だ。話の前にひとっ風呂浴びさせてくれ」

褌一丁になった虎庵は、奥の風呂場へと走った。

それから四半時（三十分）もせずに、湯浴みと着替えを済ませた虎庵と佐助が奥座敷に戻った。

「いやあ、根来寺の幽齋殿を訪ねた帰り、新堀で三人組の侍に襲われちまってな」

虎庵はそういうと、部屋の隅に置かれた座布団を抱え、その場にいる者たちに配った。

「お頭、本日は……」

「長老、挨拶は抜きだ。あんたが幸四郎、獅子丸とともに江戸にきたということは、大方、理不尽な命を下した俺に意見しにきたってところだろ。幸四郎、獅子丸、無茶をいってすまなかった、このとおりだ」

「お頭、岸和田一家の者たちは、そのまま大坂に帰しましたが、これでよかったのですな」

「長老、みんな俺の早とちりだ、このとおりだ。勘弁してくれ」

虎庵は両手をついた。

「お頭、手をあげてください。それより岸和田一家の件といい、お頭を襲った三人の侍といい、いったい江戸で何が起こっているというのです」

左平次は腕組みをしながら、じっと虎庵を見つめた。

「わかった。いま説明しようじゃねえか。じつは……」

虎庵は順を追って、左平次にこれまでの経緯を説明した。

幸四郎、獅子丸は初めて聞く虎庵の説明に、いまひとつ要領を得ぬのか、小首を傾げるばかりだった。

「丹波村雲党が、お頭の首に千両の賞金をかけたのですか……」

「長老は丹波村雲党について、何か知ってるのかい」

「お頭は吉原の浄念河岸にある『白菊楼』『伊勢屋』『三日月楼』という見世をご存知ですか」

「ああ、たしか表向きは『白菊楼』を尾張藩、『伊勢屋』を紀州藩、『三日月楼』を水戸藩が、それぞれの御用商人にやらせていたとかいう……」

「伝え聞く話では、当時のお頭が幕府に説明を求めたそうですが、詳細について説明がなされませんでした。しかたなく風魔が独自に調査をしたのですが、三件の売り上げは数件の商家を経由して京に送られているらしい、というところまではわかったそうです」

「まさかその相手が、丹波村雲党ってわけじゃねえだろうな」

「そこまでは……。ただ……」

「長老、ただ、どうしたい」

虎庵は左平次の妙な態度が気になった。

「明暦の大火の四年後、万治三年の正月に京の禁裏で大火が起き、その翌年の五月には京で大地震が起きたのです。そして『白菊楼』と『伊勢屋』と『三日月楼』の三軒が売りに出されました」

「風魔も買おうとしたそうだな」

「はい。風魔は勘定奉行を飛び越し、老中にかけあったのです。しかしすでに西国の商家に売られたとのことで、その商家が何者かも明かしていただけなかったのです」

「禁裏が焼けて翌年が大地震とあっちゃ、当時の帝や公家は金がいくらあっても足りなかっただろうな」

「はい」

左平次は瞳をキラリと輝かせ、力強く頷いた。

「幽齋殿は吉宗様の治政で景気が低迷し、京の島原は惨憺たる状況といっていた。長老はどう思う」

「島原が斜陽を迎えているという話は、何年か前から聞き及んでおります。しかし、一方で祇園は隆盛を誇っているとも聞いております」

「なるほどな。だが長老、なぜ俺の首に千両もの賞金をかけてまで、命を狙う必要があるというのだ。俺を殺したところで、吉原を乗っ取れるわけでもあるまいに」

「わかりかねます……」

左平次は腕を組み直し、大袈裟に首を傾げた。

「理由はともあれ、俺はさっき、三人の侍に命を狙われた。佐助、どうする」

「賞金をかけた『安暁寺』とかいう、丹波村雲党の菩提寺と島原を焼き払いますか」

佐助は全身から殺気を漲らせた。

「お前さんらしからぬ意見だな。幸四郎、獅子丸、お前さんたちはどう思う」

「佐助の意見に賛成です。丹波村雲党だかなんだか知りませんが、風魔の統領を狙えばどうなるか、野郎どもに骨の髄まで思い知らせてやるべきだと思います」

佐助の脇に並んだ幸四郎の返答に、獅子丸も大きく頷いた。

「長老、お前さんはどう思う」

「風魔はかつて、徳川家康より天に代わり、世の悪と義なき者どもに天誅を下せ、悪にはいつの世にも変わらぬ道理をもって、正義の鉄槌を下せと命ぜられました。その風魔の統領の命を狙うということは、丹波村雲党の一存であれ、背後に控える帝や公家の思惑であれ、それは風魔への挑戦であり徳川の治世に対する謀反……」

「待て、長老。ならば訊くが、贅沢を禁止し、質素倹約のみを推し進める将軍の治政に問題はないのか。織田信長の楽市楽座に見るまでもなく、商いを隆盛させれば人と物が集まり、売り買いが繰り返された結果、皆が豊かになるのではないのか」

「そうでしょうか。吉原に売られてくる女たちは、大半が冷害や飢饉で、食うや食わずになった東国の農民の娘たちです。お頭は幕府の弱点ともいえる東国の慢性的な貧しさも、商いで解決できるとお考えなのですか」

「そうはいってない」

「領民が貧しさにあえいでいるにもかかわらず、東国の大名たちが江戸で堪能する華美な暮らしをあらためさせ、その金を領国の治政に役立たせることが、間違いとは思いませぬが……」

胡座《あぐら》をかいていた左平次は正座し直し、虎庵の目を凝視した。

「長老、お前さんのいうとおりだな。佐助、明日の夜四つ半（午後十一時）、今回の一件について評定を行なう。皆に集まるよう申し伝えてくれ」

「はい」

佐助と幸四郎、獅子丸の三人は一斉に奥座敷を出た。

「長老。風魔が関東を離れて戦ったことはあるのかね」

「天正九年（一五八一）に北条と武田勝頼が駿河で戦った、浮島ヶ原の戦が最後かと思います」

「長老は京や大坂、西国の諸国に行ったことがあるのか」

「ございませぬが、風魔には日本全国に散る女衒《ぜげん》、諸藩の蔵宿となっている札差しから、かなり詳細な情報が伝わっております」

「ならば訊くが、禁裏の北側には何がある」

「そ、それは……」

「長老、京の地理もわからずに戦えぬ。こんなくだらねえ戦いのために、風魔がたったひとりでも命を失うことは許さぬ。至急、京の詳細な地図を作らせてくれ」

虎庵はそういうと立ち上がり、縁側から空を見上げた。

三人組に襲われたときは、曇りがちだった空が嘘のように晴れ渡り、満天に無数の星がきらめいていた。

四

翌朝六つ半（午前七時）、虎庵と佐助が吉原から良仁堂に戻ると、慌てふためいた愛一郎とお雅が迎えに出た。

「せ、先生、先ほどお奉行様がおみえになって、奥の座敷でお待ちです」

「お奉行が？　用向きはなんだ」

「わ、わかりませんが、ひどく不機嫌のようで……」

愛一郎はどぎまぎしながら、首を激しく左右に振った。

「わかった。握り飯と味噌汁を用意しておいてくれ」

虎庵はそれだけいうと、奥の座敷に向かった。

虎庵が奥の座敷に通じる廊下に出ると、大岡は縁側で胡座をかき、剃り残しの顎髭を抜いては庭先に吹き飛ばしていた。

剃り残しの顎髭を摘んで抜く仕草は、大岡が困っているときの癖だ。

「大岡様、お待たせいたしました」

「虎庵、種火を入れた香炉か煙草盆を用意させてくれ」

大岡は振り返りもせずにいった。

いつもは虎庵を先生と呼ぶ大岡が、呼び捨てにするのは余程のことだった。

声を聞いた佐助がすぐに台所に走った。

「大岡様、そこじゃなんでしょう」

「気にするな」

ぶっきらぼうな大岡の物言いに、虎庵は小首を傾げるしかなかった。

ほどなくして佐助が香炉を用意し、長椅子の前の卓に置いた。

「大岡様、香炉の用意ができましたが」

「そうか」

大岡は脇に置いた大小を掴んで振り返ると、俯いたまま座敷に上がった。

「佐助、障子を閉めてくれ」

虎庵の向かいの長椅子に座った大岡は、そういうと懐から取り出した小さな赤い薬袋を香炉の脇に置いた。

「それはなんですか」

虎庵は背もたれに寄りかかったまま訊いた。

「極楽香だ」

「極楽香？」

「ああ、清国製といわれるこの香が、この江戸で蔓延しはじめている」

「清国製の極楽香……」

虎庵の脳裡に「残波楼」の松風から聞いた話が甦ったが、あえてそのことは伏せて大岡の様子を見た。

大岡は薬袋を開き、中の茶褐色の粉をひとつまみ、香炉の種火に振りかけた。すぐに甘酸っぱい香りのする紫煙が立ち上った。

「虎庵、これは何だと思う」

「何種類かの香が調合されているようですが、その色とこの甘酸っぱい香りは阿片でしょう」

「さすがだな。昨夜、今戸の番屋にいた岡っ引きが、意識朦朧となって脇差しを振り回している侍を捕らえたのだが、その男が財布に隠し持っていた物だ」

「その男はそれをどこで……」

「吉原だ」

「そんな馬鹿な」

「その方の様子を見ると、何も知らぬようだな。だが虎庵、吉原で阿片が売買されていることが事実となれば、幕府は見逃すわけにはいかぬ。吉原を仕切る風魔はもちろん、吉原そのものが存在の是非を問われることとなろう。虎庵よ、儂がいっていることの意味はわかるな」

大岡は鋭い目で虎庵を睨みつつ、冷めた茶を香炉の火種にかけた。

「佐助、松風を呼んできてくれねえか」

「はい」

佐助は香炉を見つめたまま、微動だにしない虎庵を見ることもなく座敷を出た。

虎庵と大岡の間に沈黙が流れた。

ほどなくして佐助に案内された松風が姿を見せた。

虎庵は岸和田一家の周五郎から、松風の治療費二百両の代わりに彼女の借金の証文を渡された。

その瞬間、松風は自由の身になったが、一応、虎庵は松風の阿片中毒を懸念し、そのまま良仁堂で静養させていた。

「松風、こちらは南町奉行の大岡様だ」

「お、お奉行様……。松風にございます」

にこやかに三つ指をついていた松風の顔から、一瞬で笑みが消えた。

「思い出したくもねえかもしれねえが、極楽香とかいう清国製の香の話を聞かせて貰えねえかな」

「はい、先生。今月の初めのことですが、大坂から岸和田一家の親分さんと子分の方たちが大勢見えまして、『今日からこの店は、儂らのものになった、よろしく頼むで。

これは極楽香という清国製の特別なお香やが、挨拶がわりや』って、見世の遊女全員に配られたのです」

「それはこれかな」

大岡は懐から取り出した別の赤い薬袋を松風に渡した。

「はい、これに間違いありません。私は麝香のようなものかと思ったのですが、焚いてみるとなにやら甘酸っぱい匂いがして……」

「松風、その方は岸和田一家の周五郎なる者がくれたと申したが、品川の引き手茶屋『芝浜屋』と『残波楼』は、鬼辰一家のものではないのか」

「大岡様、それは私が説明しましょう。じつはこのところ江戸のヤクザたちは、思うように金を稼げずに集合離散を繰り返し、内藤新宿の角筈一家と品川の鬼辰一家が覇を競っておりました。しかし、鬼辰一家の親分が殺されたことで、品川の『芝浜屋』と『残波楼』、吉原の『白菊楼』は角筈一家に取り上げられ、角筈一家の我次郎の兄弟分、岸和田一家の周五郎に売られたというわけです」

正面から大岡を見つめて話していた虎庵は、「白菊楼」と聞いた大岡の喉仏が大きく上下したのを見逃さなかった。

「品川の引き手茶屋『芝浜屋』と『残波楼』が、岸和田一家の周五郎なる者の手に渡った経緯はわかった。だが……」

「大岡様、つかぬことを伺いますが、その極楽香を売っていたのは、『白菊楼』ではありませんか」

「そのとおりだ」

虎庵は淡々と答えた大岡の表情の変化を見逃さないように見つめた。

だが大岡の態度に、不自然さは見あたらない。

「大岡様、ならば極楽香が売られていたことを私が知らなかった理由も、おわかりいただけるでしょう」

「どういうことだ」

虎庵の回りくどいいい方に、大岡は苛立ちを隠さなかった。

その態度は、大岡が「白菊楼」と風魔との関係を知らないことを物語っている。

「大岡様は『白菊楼』のことを何もご存知ないようですな。ならばここはひとつ、上様に吉原の『白菊楼』と『伊勢屋』について、お尋ねになられてはいかがでしょう」

「上様にか」

「はい」

「どうやら私は今回の一件について、何もわかっていないようだ。すぐに登城することにしよう」

自信に溢れた虎庵の態度に、自分が見落としていることがあると察した大岡は、そういうと傍らに立てかけた大小を手に取り、縁側から飛び降りた。

「お奉行様、これを」

「おお、すまぬな。では先生、失礼っ！」

大岡は佐助が差し出した赤い薬袋を懐に納めると、さっさとその場を離れ、入ってきた西側の塀の木戸に向かった。

何が起きたか理解できない松風は、虎庵と佐助の顔を交互に見比べた。

「松風、驚かせちまったな。まあ、そこに座れや」

虎庵は呆然とする松風に、さっきまで大岡が座っていた席に座るようにいった。

松風は小さく頷き、長椅子に腰掛けた。

「お前さんが、阿片中毒になっているといけねえんで、しばらく様子を見ていたんだが、どうやら杞憂だったようだな」

虎庵は爽やかな笑みを浮かべ、目前の卓の下から蒔絵がほどこされた文箱を取り出して蓋を開け、一枚の証文を取り出した。

「そ、それは……」

「そうだ。あんたの借金の証文だ。岸和田一家の周五郎が、お前さんの治療費代わりに置いていってな、あんたはもう『残波楼』に戻ることもねえんだ」

虎庵は証文を差し出した。

「でも先生、借金は百両でございますよ」

「そうか、治療費は二百両といったのに、おかげで俺は百両の損というわけだ」

「まあ、それは大変なご迷惑をおかけしてしまいました」

「なにをいってやがる。ま、そんなわけでお前さんは自由だ。この先、どうするつもりだね。やっぱり国に帰るのか」

「いえ、会津の実家の両親は、二年ほど前に起きた一揆で亡くなりました」

「そうか。それは残念なことだったな」

「先生、つかぬことを伺いますが、このお屋敷にお女中は……」

「そんなものはいねえよ」

「そうですよね。お雅さんはお医者のお仕事が忙しそうだし、ときおり愛一郎様が賄いをされておりますよね。いかがでしょう、なんでしたら私を下女としてお雇いいただけませんでしょうか」

「おいおい、いきなり何をいうんだ。お前さんみたいな美人にうろうろされちゃ、気が散っていけねえや。な、佐助」

「さあ、私に訊かれましても、なんとお答えしていいのか……」

いきなり話を振られた佐助は、口をへの字にして頭を掻いた。

なんだかんだいっても良仁堂は、風魔の統領が吉原の外に構えた本拠だ。

品川の遊女を下女として雇うことに、問題がないといったら嘘になる。

だがそれをいえば佐助が惚れているお雅にしても、たまたまここに怪我人として担ぎ込まれたにすぎないし、しかも外つ国の女なのだ。

そんな佐助の気持ちを察した虎庵は、ポンと膝を叩いた。

「よし、決めた。松風、お前さんを雇うことにしよう。そうと決めたら、いつまでも松風って呼ぶわけにはいかねえな……」

「私の本名はお熊と申します」

「お、お熊？　あの山にいる熊か」

「はい、お父っつぁんが、裏山で大きな熊を捕まえた晩に生まれたとかで、そう名付けられたそうです」

「そうか、だがお熊はいけねえやな。どうだい、お前さんも新しい人生を始めることだし、いっそのこと名前を変えては」

「はい、それでは先生が名を付けてくださいませ」

松風はお熊という名に似合わぬ、天女のような笑みを浮かべた。

「佐助、いい考えはねえか」

「先生、私に女のことは訊かないでくだせえ」

「しょうがねえなあ。松風との縁は阿片だから、あへん、いや、おへん……」

「先生、あへんだのおへんだのはねえでしょう」

「じゃあ、お熊だから、おかま、いや、あくま……」

「松風なんだから、お松さんでいいじゃねえですか」

悪ふざけをしているとしか思えない虎庵の態度に、根が真面目な佐助が呟いた。

虎庵はニヤリと笑った。

「よし、決まった。お前さんはいまからお松だ」

「はい。お松で結構でございます」

「では佐助、お前さんはお松の名付け親なんだから……」

「名付け親？」

「『小田原屋』の若い者を連れて『残波楼』に行き、お松が置いたままにしている荷物を引き取ってきてくれ。吉原の『小田原屋』から使いが来れば、向こうも松風は吉原に移籍したと、勝手に納得するだろうからな」

「はい。昼過ぎには戻ります」

佐助はそういって立ち上がった。

「佐助、ついでに愛一郎とお雅を呼んでくれ」

虎庵は佐助の背中にいった。

「佐助さん、よろしくお願いします」

お松は丁寧に頭を下げた。

佐助が消えると、すぐさま廊下がバタバタと騒がしくなり、愛一郎とお雅が姿を現した。

「おう、松風は今日からこの屋敷の下女となることになった。新しい名はお松だ」

「ほ、本当ですか」

「愛一郎、お前はお雅といいお松といい、天下の美女に囲まれて幸せ者だな」

「先生、からかわないでください」

愛一郎は鼻の穴をピクつかせながら、耳まで赤くして俯いた。

「冗談だよ。部屋は愛一郎、お前が適当に決めてくれ。昼過ぎには佐助たちが荷物を引き上げてくるから、よろしく頼んだぜ」

虎庵はそういうと立ち上がった。

「あれ、先生、お出かけですか」

「ああ、診療所の方は愛一郎先生に任せたからよ。俺はちょいと桔梗之介《ききょうのすけ》のところに行ってくる」

「先生、ちょっと待ってください。ひとりでお出かけは困ります。亀十郎さん、亀十郎さんっ！」

愛一郎が大声で叫ぶと、隣の部屋に通じる木戸が開いた。

「先生、お出かけですか」

佐助とともに虎庵の警護にあたっている亀十郎は、自慢の愛刀の肥後国同田貫を腰に差した。

「わかったよ。それじゃ亀十郎、桔梗之介のところにいくぜ」

虎庵は愛一郎がかかげた大刀を手にすると、玄関へと急いだ。

五

虎庵と亀十郎が御書院番組屋敷前にある、剣術道場の「志誠館」の門前に立ったのは、ちょうど正午のことだった。

すでに午前の鍛錬は終わっているのか、まったく人の気配はなかった。

この道場は紀州藩主だった徳川吉宗から、東アジア各地の実情調査とアジア進出を謀る、西欧列強の動きを探るよう密命を受けた虎庵の警護役として、十五年もの間、暮らしをともにした家来の真壁桔梗之介が開設したものだ。

もっとも桔梗之介はとぼけた男で、虎庵とともに帰国してお役御免になると、意を決して僧籍に入った。

その決意を聞いた虎庵は、主君吉宗の密命で虎庵の家来になっていたが、もとは六男とはいえ父親が紀州藩附家老という事情を考えると、なんとも無謀と思ったが、案の定、桔梗之介は三月あまりで還俗するや、お志摩という御蔵前の小間物屋の娘を連れて虎庵の前に現れた。

とはいえ武士を捨ててまでして、惚れた女と自由を得ようとした桔梗之介の心意気に感服した虎庵が、夫婦になったふたりの祝いで渡した金で開設したのがこの道場だった。

虎庵と亀十郎は粗末だが、磨き上げられた冠木門を潜ると、庭先へと通じる小道を通って道場へと向かった。

庭先に出ると、道場の縁側でそば切りをたぐる坊主頭の桔梗之介と、かいがいしく世話をするお志摩の姿が見えた。

小野派一刀流の手練れとは思えぬ、無防備な桔梗之介の姿がほほえましかった。

「おう、和尚。門弟はみんな斬っちまったのか」

虎庵は手みやげに買ってきた、鰻の折り詰めを眼前でブラブラさせた。

「虎庵様、いきなりどうなされました」

虎庵の声に振り返った桔梗之介は、慌てて箸と蕎麦猪口を置いた。

虎庵が予告もなくこの道場を訪れるとき、不思議と彼は悩みを抱えている。

もちろん、それを素直に口にする虎庵ではない。

だが幼い頃から兄のように虎庵を見守ってきた桔梗之介には、ことさら明るく振舞うその態度に、悩みの深さが窺えた。

「なあに、和尚にちょいと頼み事があってな。こいつはその礼だ」

「頼み事を聞く前に礼を渡されるとは、断るわけにはいかぬということですな」

「冗談だよ、本当はお前さんたちと食うために、買ってきただけのことだ。お志摩さん、飯はあるかね」

「はい、ただいまご用意いたします。少々お待ちください」

お志摩は鰻の包みを受け取り、台所に向かった。

「このところ、姿をお見せにならなかったので、心配しておったのですぞ」

諸肌脱いでいた桔梗之介は、着物の袖に腕を通した。

「お前さん、品川の『残波楼』にいた、松風って太夫を知ってるかい」

「何をいうかと思えば遊女の話ですか。私はお志摩と夫婦になり、そちらの方は足を洗ったのです」

「ムキになるなよ。『残波楼』の松風という太夫が、うちの下女になったことを教えてやろうと思っただけなんだからよ」

「はあ？　吉原一の美女、嵯峨太夫に子供を産ませておきながら、今度は品川で一番の美女を下女にしたですと？」

呆れた桔梗之介の声はひっくりかえり、頭から吹き出した大量の汗を拭いた。

「なんだ、やっぱり知っていたんじゃねえか。まあ、そう焼き餅を焼くな、お前だってその下駄顔で、御蔵前小町といわれたあのお志摩さんを娶ったんだからよ」

「げ、下駄顔？」

桔梗之介はエラの張った四角い顔を紅潮させた。

拭いたばかりだというのに、桔梗之介の剃り上げた頭から再び噴き出した汗が二筋、濃い眉毛に吸い込まれた。

「桔梗之介、本題に入るぞ。じつはな……」

虎庵は桔梗之介の様子などお構いなしに、これまでの経緯を縷々説明した。

虎庵の話を聞き終えた桔梗之介は、フウと溜息をついて苦笑いした。

「上様の政のおかげで賞金首にされるとは、虎庵様もとんだ災難でしたな。しかし風魔の統領の首にたかが千両とは、いにしえの都人らしい吝嗇《りんしょく》な発想ではないですか」

桔梗之介は手拭いで頭をゴシゴシと拭いた。

「まあな。すでに、わけのわからねえ三人組に襲われたし、佐助の話では千住宿、内藤新宿、品川宿の宿屋に、人相の悪い連中が集結しているそうだ」

「虎庵様、いかがでしょう。ここはひとつ、丹波村雲党の菩提寺とかいう『安暁寺』の住職に、風魔が二千両の賞金をかけてみては……」

「なんだ、そりゃ」

「風魔の統領の懸賞金が千両で、古寺の坊主が二千両となれば、江戸に集結している賞金稼ぎどもも、押っ取り刀で京に向かうのではないですか。それで坊主が殺されれば、自動的に虎庵様にかかった懸賞金も無効になるというわけです」

「そいつは面白え考えだが、かかる火の粉は払えばいい。俺の首にかかった懸賞金より、極楽香とかいう名で吉原の『白菊楼』が売っている阿片の方が大問題なんだ。これ以上、江戸市中で阿片が蔓延すれば、上様も吉原を管理する風魔に対して、何らかの手を打たざるを得まい」

虎庵は桔梗之介が食べ残したそば切りを一本だけ摘み、ツルツルと飲み込んだ。

「何らかの手って……」

「吉原の廃止だよ」

「ならば即刻、『白菊楼』に踏み込み、阿片を売った連中を町奉行所に差し出してしまえば、それで一件落着ではないですか」

「桔梗之介、そこだよ。奴らも吉原で阿片なぞを売れば、風魔が黙っちゃいねえことくらい、織り込み済みとは思わねえか」

「それはそうですが……」

「つまり阿片の件は罠で、何か別の目的があるとは思わねえか……」

「虎庵様は、かつて『白菊楼』を所有していた尾張藩のことが、気になっているのですか」

腕組みをして思案する虎庵に、桔梗之介が核心を突いた。

「まあな。八代将軍の座をめぐり、吉宗様と尾張権中納言徳川継友が暗闘を繰り広げていたことは事実だ。しかも吉宗様が将軍の座についたとはいえ、未だ完全決着がついてはいないし、継友と尾張徳川家が将軍の座を諦めたという証拠もない」

「しかし、もし今回の一件が虎庵様の読み通りだとしたら、尾張と朝廷が手を結んでいるということになりますぞ」

「公家というのは小禄にもかかわらず、昼間は碁に双六、カルタといった博打にうつつを抜かし、日が暮れれば踊りと酒に狂う、怠惰な遊興の日々を過ごしているそうだが、その金はどこから出てくるのだ」

「そんなこと、私に訊かれてもわかるわけないでしょう」

「俺は商人に身を変えた丹波村雲党が資金源と考えているんだが、あの大岡越前すらその存在を知らなかった『白菊楼』『伊勢屋』『三日月楼』の三軒が、どうにも気になって仕方がねえんだ」

虎庵は首筋をさすりながら、桔梗之介の隣に腰掛けた。

「それにしても虎庵様の話をうかがっていると、上様がずっとあなたを匿い、自分が将軍になるのと同時に、風魔に返した理由がわかる気がします」

「どういう意味だ」

「だってそうでしょう。風魔は大権現家康様から、世の悪に天誅を下す闇の番人を任ぜられたのでしょう」

「そういうことだな」

「ならば丹波村雲党は正面から喧嘩を売ってきたのだから、とやかく考えず素直に喧嘩を買えばいいじゃないですか。阿片のことにしても、さっさと『白菊楼』に乗り込んで皆殺しにし、一件落着と大岡越前に報告するだけのことでしょう」

「まあな」

「それなのに虎庵様はああだこうだと悩んだ挙げ句に、問題を御三家に朝廷に公家なとどいう、のっぴきならないところまで掘り下げてしまわれる。虎庵様がそんなお人だから、上様は風魔を復活させたかったんでしょうね」

「桔梗之介……」

虎庵は桔梗之介の皮肉に苦笑するしかなかった。

なぜなら、すべて桔梗之介のいうとおりなのだ。

「しかも虎庵様の首に懸賞金をかけたということは、喧嘩なんて生やさしいものではありません。存亡にかかわる戦《いくさ》を仕掛けられた風魔が、戦に応じた結果としてさらなる事態に発展したとしても、その時はその時です。虎庵様が、これほど明白な問題の対処を躊躇する理由はなんなのです」

桔梗之介には、賞金首にされて実際に命を狙われたにもかかわらず、虎庵は優柔不断ともいえる態度で対応を遅らせているとしか思えなかった。

「桔梗之介、じつは……」

桔梗之介に心中を見透かされた虎庵は、数日前、岸和田一家の周五郎から、風魔の統領と名指しされたことで常軌を逸してしまい、佐助に周五郎たちの抹殺を命じてしまったことを話そうと思ったが、思い直して言葉を飲み込んだ。

「虎庵様、統領というのは辛いものですな」

「辛い？」

「答えなぞないのかも知れぬのに、統領ゆえの知識と知恵があるからこそ、より広く答えを求めてしまう。その点、知識や知恵のない我らには選択しかない。信じるか信じないか、殺るのか殺らないのか……、そこの亀十郎も、佐助も、愛一郎も、幸四郎や獅子丸も、統領を信じることを選択したからこそ、なにも疑うことなくあなたの命に命を懸けるのです」

「わかったよ、もう勘弁してくれ」

「いえ、勘弁できませぬ。風魔には統領の間違った判断を正せる長老たちがいるにもかかわらず、あなたが未だに答えを出せずにいるということは、仲間を信じていないということではないのですか」

　赤子の頃から三十年以上も虎庵を警護し、その性格を知り尽くした桔梗之介は、噛んで含めるように諭した。

　桔梗之介は虎庵が卓越した頭脳と能力の持ち主ゆえに、幼い頃から何かにつけて逡巡する姿を何度も見てきた。

　それこそ上海の料理店で、いま食べる料理を決められずにいる姿を何度も見てきたのだ。

「考えたところで、出もせぬ答えを求めることは愚かか……」

「虎庵様、私が統領は辛いと申したのは、明快な答えが出なくとも結論を出さねばならぬからです。しかもあなたが導き出した結論に根拠があろうがなかろうが、配下の者たちは命を懸ける。それが統領というものなのです。あなたは江戸に戻って起きた武田透波やエゲレス軍との戦において、風魔からひとりたりとも犠牲者を出すことはなかった。よもやあの采配の全てに、根拠があったと考えてはおりますまいな」

「無論だ」

「ならば仮に勘だとしても、あれだけの窮地に正しい判断を導き出した自分を信じなされ。虎庵様、一度や二度の失敗を気にすることなどありませぬ。戦も剣術の果たし合いも、生きるか死ぬかは一瞬の判断。理屈ではございませぬ」

「亀十郎、お前はどう思う」

虎庵は亀十郎に話を振った。

「俺に難しいことはわかりませんが、お頭も赤子で生まれたのでしょう」

「当たり前じゃねえか」

「なら、生まれついて統領だったわけではなかったはずで、統領とはなるものなのではないですか」

無口な亀十郎にしては、珍しく雄弁だった。

答えに窮している虎庵に、桔梗之介が続けた。

「虎庵様はかつて私に、女を口説きたければ女の事情を訊くのではなく、まずは自分のことを語ることだ。そうすれば女は自分のことを語り始める。それが女を口説く極意だと教えてくれたことを憶えてますか」

「そんなこと、いったかな……」

「しかも女が罠を仕掛けてきたなら、その罠にかかってやれば女の本質が見えてくるともね」

「桔梗之介、それくらいで勘弁してくれ」

虎庵は何かを掴んだのか、照れくさそうに頭を掻いた。

「虎庵様、いまは躊躇されているときではありませぬ」

「わかったよ。和尚にはかなわねえや」

虎庵はそういって、額に浮かんだ玉のような汗を袖で拭った。

そこに白い湯気の立つ飯と、温めなおした蒲焼きを盆に載せたお志摩が、ようやく姿を現わした。

香ばしい蒲焼きの匂いに、亀十郎の腹の虫がぎゅるぎゅると鳴いた。

六

夜四つ半、「小田原屋」の地下の間には、虎庵に集合をかけられた幹部たち三十名ほどが、黒装束をまとって参集していた。

「皆もすでに承知のとおり、浄念河岸の『白菊楼』は極楽香なる名で、この吉原に阿片を持ち込んだ。しかもその事実は、すでに町奉行所に知られるところとなった。先日、南町奉行所の大岡越前から聞いた話では、この件に対して幕府内部では、吉原廃止まで検討され始めている」

虎庵の「吉原廃止」というひとことに、幹部たちはざわついた。

「一同の者、これを見よ」

虎庵は大岡越前から渡された赤い薬袋を掲げた。

「これは昨夜、今戸の番屋にいた岡っ引きが、意識朦朧となって脇差しを振り回している男を捕らえ、その男の財布から見つけた」

それを見た長老の左平次が口を開いた。

「お前たちも聞き及んでおると思うが、京の『安暁寺』、丹波村雲党の菩提寺がお頭に千両の懸賞金をかけた。しかも昨夜、三人の賞金稼ぎがお頭と佐助を襲った」

「長老、それならば『白菊楼』の件もさることながら、まずは京の『安暁寺』を襲撃し、懸賞金を取り下げさせるのが先ではないのか」

黒覆面姿の幸四郎が、くぐもった声でいった。

「幸四郎、我ら風魔には京の土地勘がない。お頭の首にかけられた懸賞金が、我らを京に呼び寄せる罠だとしたら、どうする？」

「そ、それは……」

「幸四郎の気持ちはわからぬではないが、罠の可能性を否定できぬ以上、まずは『白菊楼』の件を片付けるのが先と儂は考えるが、違うか？」

「長老。現実に千住、内藤新宿、品川の旅籠には、お頭の命を狙う賞金稼ぎどもが百人以上も集結しているのだぞ」

納得いかない幸四郎は食い下がった。

「賞金稼ぎの狙いは金だ。百人集まろうが千人集まろうが、奴らが徒党を組んでお頭を襲ってくることはない。ならばここは江戸、賞金稼ぎなど風魔の敵ではあるまい」

左平次は、これまで一度たりとも見せたことのない、冷酷な笑みを浮かべた。

「幸四郎、獅子丸、賞金稼ぎへの対応はお前たちにまかせる。風魔の統領を狙えばどうなるか、奴らにきっちり思い知らせてくれ」

虎庵と佐助が襲われたにもかかわらず何の指示も出ないことに、幹部たちの怒りと苛立ちは頂点に達している。

虎庵は、血気盛んな若者たちの怒りを収めるにはこれしかないと思った。

「お頭、どのような手を使ってもかまわぬのですね」

「幸四郎、無論だ。他の者は『白菊楼』の件に専念してくれ、よいな」

「みんな、お頭から許しが出た。これでいいなっ！」

「おおっ！」

片膝をついて身構えていた三十人の若者の返事が、どよめきとなって室内を揺るがした。

「小田原屋」での評定を終えて半刻あまりが経っていた。

すでに吉原の大木戸は閉じられ、各見世の提灯や灯籠の灯は煌々と輝いているが人気はない。

中の町通りを音もなく疾走した佐助たち風魔は、吉原の西端にあたる浄念河岸に到着すると、そのまま完璧に気配を殺して「白菊楼」を取り囲んだ。

昼間のこの界隈は、吉原でも最下級の遊女たちが商売をしている場所で、戸口に立った遊女が強引に客引きするのが当たり前だった。

向かいの東端にいけば客引きはさらに強引さを増し、客は一度でも袖を掴まれようものなら、その手から逃れることは不可能に近く、客たちはそんな東側を羅生門河岸などと呼んでいるが、もちろん正式な名称ではない。

ほどなくして、突然、「白菊楼」の扉が内側から開いた。

中から顔を覗かせた幸四郎と獅子丸を確認した誰もが、瞬時に燃えるような殺気を放った。

幸四郎が率いる五名の先発隊は、すでに「白菊楼」の屋根裏から潜入していたのだ。

幸四郎と獅子丸の先発隊は、虎庵から「吉原内で無用な戦闘はするな」と厳命を受けていた。

「白菊楼」で売られている阿片の一件が、何らかの罠とわかっていて襲撃する以上、風魔から犠牲者を出すことなど愚の骨頂なのだ。

幸四郎と獅子丸は屋根裏に忍び込むと、すぐに各部屋の状況を確認した。

そして用意した風魔秘伝の眠り薬を焚いた。

眠り薬の効果は覿面で、部屋でくつろいでいた遊女はもちろん、大部屋で酒盛りをしていた若衆たちも、次々と大あくびをかきながら意識を失った。

「獅子丸、ぬかりはないな」

佐助は押し殺した声で訊いた。

「泊りの客はひとりもいません。主人の国蔵は一階の奥の部屋、向かいの部屋に番頭の美濃助、若衆は十人ほどいますが、皆、離れの大部屋でぐっすりと眠っています」

獅子丸も押し殺した声でいった。

「阿片は見つかったのか」

「国蔵の部屋の船箪笥で大量に発見した」

幸四郎は懐から大量の赤い薬袋を掴み出した。

「よし、俺たちは国蔵と美濃助を掠い、簀巻きにして良仁堂に連れていくぞ」

「佐助、若衆はどうする」

幸四郎は人差し指で、自分の喉を切る真似をした。

「無論だ。大川に蓋ができないことを敵に思い知らせてやれ」

賞金稼ぎの襲撃を受けた佐助の怒りは、敵の血でしか冷ますことができなかった。

「佐助、この先、鬼が出るか蛇が出るか……」

「幸四郎、先のことは、お頭が考えてくださっている。よいか皆の者、阿片密売によって吉原は存亡の危機を迎えている。この吉原で風魔にたてつけばどうなるか、徹底的に教えてやるのだっ！」

佐助が音もなく扉の中に消えると、玄関前にいた佐助と十人ほどの風魔も次々と見世の中に侵入した。

眠り薬で全員が寝込んでいた「白菊楼」の襲撃はあっけなかった。

意識がないままに、次々と命を奪われた若衆の骸は用意された舟に積み込まれ、御蔵前の首尾の松あたりでゴミのように捨てられた。

生きたまま簀巻きにされた、主人の国蔵と番頭の美濃助は「小田原屋」運ばれて荷車に乗せられ、幸四郎と獅子丸たちによって虎庵の待つ良仁堂に向かった。

吉原から突っ走ってきた荷車はけたたましい音をたてながら、一気に寛永寺脇の車坂を下って下谷広小路の三橋を渡った。

目指す良仁堂は、もう目と鼻の先だった。

十間ほど荷車の前方を走っていた幸四郎が突然立ち止まり、すかさず右手を挙げて合図した。

大八車はその場で急停車し、獅子丸が幸四郎に駆け寄った。

「獅子丸、なんだ、ありゃ」

幸四郎は良仁堂の門前をうろつく影を指さした。

「縞の合羽に三度笠姿が四人、あの格好はどう見たってヤクザでしょ」

「お頭を狙っている賞金稼ぎじゃねえかな」

「たったの四人で、あの屋敷を襲いますかね」

「敵は四人でこちらも四人、奴らを血祭りにしてくれるか」

「いや、ここはこのまま荷車を良仁堂に運ぶのが先ですよ。門前で奴らが襲ってくるようなら、そのときは皆殺しということでどうですか」

「なるほどな。そろそろ夜が明けちまう。さっさとこいつらを運んじまうとするか」

幸四郎は懐から取り出した匕首を帯に差した。

「じゃあ、行くぜっ！」

大八車の後部に戻った獅子丸が、あえて大声で合図した。

すると、その声に気付いた四人が一斉に動きを止めた。

そして白々しく天を仰ぎながら踵を返し、薄闇の中に姿を消した。

佐助に呼ばれた虎庵が土蔵に姿を現したのは、明け六つ少し前だった。

蔵の中はムッとするような血の臭いが立ちこめ、柱に縛り付けられた国蔵と美濃助が項垂れていた。

　ふたりとも顔は青黒く腫れ上がり、吐き出したおびただしい血反吐が着物の胸前と床を濡らしている。

「佐助、何かわかったか」

「こいつらは元々、大坂新町遊郭の見世で働いていたそうなんですが、その見世は岸和田一家に乗っ取られ、江戸の吉原で働くようすすめられたんだそうです」

「嘘じゃねえのか」

「ふたりがいうには、『白菊楼』の持ち主は品川の引き手茶屋の『芝浜屋』で、五日に一度、売り上げを届けるよう命じられているだけで、詳しいことはわからねえの一点張りなんです」

「では極楽香についてはどうだ」

「それも『芝浜屋』から、売り上げと引き替えに渡された物を売っているだけで、どうやらあれが阿片だということもわかっていねえようなんです」

「佐助、お前はどう思う」

「ふたりはヤクザでもなければ、丹波村雲党の忍びとも思えません。どうでしょう、ここは奴らを解放し、泳がせてみては……」

「どういうことだ」

「ふたりを解放すれば、すぐに『芝浜屋』に駆け込んで、風魔に阿片を奪われたことを報告するはずです。そうなりゃ『芝浜屋』も、真の主のもとに報せを走らせねえわけにはいかねえでしょう」

「どうかな。敵は風魔が動くのを待っていたはずと思えば、すでに『芝浜屋』には、風魔に襲撃されたことを報せに走った者がいるだろう。それに今頃、大川に捨てた『白菊楼』の若衆の死体が漁師たちに発見され、大騒ぎになっているはずだ。敵は皆殺しにされたはずの国蔵と美濃助が解放されたとなれば、それが罠と気付くはずだ。そう思わねえか」

「そうなれば、ふたりを解放したところで殺されるのがオチですね」

「そういうことだ。ここはひとつ、左内とお奉行に任せるか」

虎庵はそういって立ち上がると、両手を突き上げて大きな伸びをした。

「阿片密売の張本人として、奴らを奉行所に引き渡すということですか」

「そうだ。あのふたりを奉行所に引き渡せばどうなる」

「早晩、奉行所が『芝浜屋』に乗り込むでしょう」

「やつらは、戦の相手は風魔と思い込んでいる。そこに奉行所が出てきたらどうする？」

「どうするといわれましても……」

「突然、阿片事件で奉行所が動き出すとなれば、奴らは慌てて隠し持っている極楽香を運び出すだろう」

「運んだ先が真の主……」

「そういうことだ。いいか、大切なのは頃合いだ。このまま三日もおとなしくしていれば、敵は国蔵と美濃助も俺たちに殺されたと思うだろう。敵が油断したところで、国蔵と美濃助を馬に乗せ、市中を引き回した上で北町奉行所に引き渡すんだ」

「派手に引き渡すんですね」

「まさか風魔が阿片の件を町方の手に委ねるとは、よもや敵も思ってはいねえはずだぜ。当然、それを見た敵の手の者は、すぐさま品川の『芝浜屋』に走るはずだ」

「そして極楽香を運び出す」

「そういうことだ。佐助、三日後の昼、あのふたりを市中引き回しにする準備と、猫の子一匹逃げられねえ『芝浜屋』包囲網を作ってくれ。ぬかりのねえようにな」

「はい。すぐに手配します」

片膝をついて一礼した佐助を見た虎庵は、縛られて気を失ったふたりを振り返ることもなく蔵を出た。

七

二日後の夜、佐助が国蔵と美濃助を吉原に運ぶために土蔵に行くと、幸四郎と獅子丸、仁王門の御仁吉の三人が小さな樽を取り囲み、なにやら作業をしていた。

「幸四郎、何をしてるんだ」

「おお、佐助か。お頭に命じられたとおり、風魔の統領を狙えばどうなるか、賞金稼ぎどもにきっちり思い知らせてくれるのよ」

幸四郎は不気味な笑みを見せて振り返ると、手にした生首を掲げた。

生首は両目を見開き、口の端が両耳まで切り裂かれている。

「そいつは誰だ」

「奥州一の賞金稼ぎ、ムササビの源八。こいつは甲州一の賞金稼ぎ、北村藤治郎、こっちは東海道一の賞金稼ぎ、鬼夜叉の権六だ」

御仁吉はそういって、荒縄をかけられたふたつの樽をポンポンと叩いた。

「そいつをどうするつもりなんだ」

「こいつらが逗留していた千住宿、内藤新宿、品川宿の旅籠に送りつけてやるのよ。どの旅籠も賞金稼ぎで一杯だ。佐助、奴らがこいつを見れば、風魔の統領を狙えばどうなるか、肝に銘ずるはずだぜ」

幸四郎は持っていたムササビの源八の生首を樽に収めると、脇に盛られた大量の塩を詰め込んだ。

「そうか、うまくいけばいいがな」

「佐助、お前さんの用件は何なんだ」

「いや、そろそろこいつらを吉原に運ぼうと思ってな」

佐助が柱に縛り付けられた国蔵と美濃助を横目で一瞥すると、猿ぐつわを噛まされたふたりの目から、大粒の涙が溢れ出た。

腫れ上がったふたりの顔は、目の廻りが内出血で青黒くなっている。

「おう、それならちょっと待ってくれ。もう、こっちの作業も終わるから。獅子丸、そっちを頼む」

御仁吉はそういうと、帯に差していた十手を獅子丸に渡した。

十手を受け取った獅子丸は、黙って立ち上がると国蔵と美濃助に歩み寄り、無表情でふたりの脳天に十手を打ちつけた。

鈍い音が蔵内に鳴りひびき、泡を噴いた国蔵と美濃助がガクリと項垂れた。

本所御舟蔵裏にある廃寺に身を隠していた、丹波村雲党の殺し屋「鞍馬死天王」の四人は、江戸の切り絵図を前にして思案していた。

「兄貴、風祭虎庵は隙だらけやで」

次男の寅次郎がいった。

「確かに隙だらけだが、お前も寛永寺裏での戦いをみただろう。奴の剣術の腕は並じゃねえ。そう考えると、奴が隙だらけでいるのも、俺たち同様に奴の首を狙う賞金稼ぎどもをおびき出す罠としか思えねえ」

長男の辰吉は苛立たしげに手指の爪を噛んだ。

「なんや、兄貴は奴に勝てる自信がないみたいやな」

「寅次郎、そういうお前は勝てるのか」

「剣術使いはな、俺の分銅鎖で刀の自由を奪っちまえば。誰でも赤子同然やからな」

寅次郎はそういって不敵な笑みを浮かべると、持っていた鎖をジャラジャラと鳴らした。

「雀右衛門、刀対槍なら、槍に分があると思うが、お前はどう思う」

「辰兄、儂は奴には飛び道具でしか、かなわんと思う」

三男の雀右衛門はそういうと、ひとりだけ本堂の隅に座って虚ろな目で本尊を見ている亀松に視線を投げた。

「確かにな。体のどこであれ、亀松の鉛弾を食らわせたところに、我ら三人でかかれば勝機もあるか」

「兄貴、これまでのところ、奴が吉原に行くときには必ず舟を使い、山谷堀の桟橋に舟を留めて日本堤に駆上るんや。そのときが狙撃の好機やないやろか」

「寅次郎、奴が吉原を訪れるのは決まって夕刻。吉原の客でごった返す日本堤での襲撃は無茶や」

「じゃあ、どないするんや」

寅次郎は持っていた鎌を力一杯振り下ろした。

鋭利に尖った鎌の先端が、本堂の床に突き刺さった。

「人質をとるしかないやろ……」

「人質?」

「ああ、良仁堂には小坊主のような愛一郎とお雅という助手、佐助という『小田原屋』の番頭、浪人者のような亀十郎、そして女中のお松の五人が住んでいるが……」

「佐助とかいう奴は間違いなく忍び、亀十郎にしてもかなりの使い手。このふたりは運良く捕らえたとしても、おそらく自害するはずや」

「お雅とお松のいずれかではどうだ」

「兄貴、あの女たちが虎庵の女房や妹ならともかく、ただの使用人やで。そんなものに風魔の統領が命を懸けまっかいな」

「ならば愛一郎か。奴は虎庵が留守の間も患者を治療している片腕だ」

「それしかないやろな。で、どうやって掠うんや」

「儂に考えがある。まあ、まかしといてや」

辰吉は眉間に深い皺を一本だけ刻み、小さく何度も頷いた。


日本橋の呉服屋で、お松の普段着を買いそろえた虎庵とお松、亀十郎の三人は猪牙舟を繋留してある江戸橋の河岸に向かっていた。

「先生、ありがとうございました。私、日本橋の呉服屋街を歩いたのなんて、江戸で暮らして十年になりますが初めてなんです」

風呂敷包みを大切そうに抱えたお松は、嬉しそうに虎庵の背中にいった。

「お前さんは自由の身なんだ。これからは毎日でもいけるぜ」

「亀十郎様は、お芝居はお好きですか」

「し、芝居？」

突然、話を振られた亀十郎は、目を白黒させながら咳き込んだ。

「おお？　お松、亀十郎を芝居に誘うつもりか？　おやすくねえな。まあ、亀十郎は正式な女房がいるわけじゃねえから、ま、いいか」

虎庵は顔面を真っ赤に染める亀十郎の背中をドンと叩いた。

「正式な女房って……」

「なあに、こいつが贔屓にしている吉原の遊女が子を産んだんだが、その赤子が下駄顔のこいつに瓜二つでな、こいつが引き取って育てていたんだ。もっともその赤子も、今はこの世にいねえんだがな」

虎庵は江戸から風魔谷に赤子を運んでいた一行が、足柄峠で野党に襲撃され、そのときに亀十郎の子供も殺されたことをかいつまんで説明した。

「そうなんですか。それは残念でしたねえ」

「そうだな。倅の仇をきっちり討ったことだけが、せめてもの供養だ。亀十郎、いい機会じゃねえか。今度、お松を芝居見物に連れて行ってやれ。これは命令だ」

品川一のもと遊女と下駄顔の浪人、一見、不釣り合いのようにも思えるが、互いにまんざらでもなさそうなふたりを見ていると、なんとなく似合いに思えてくるのが不思議だった。

「亀十郎様、よろしくお願いしますね」

お松は屈託のない笑顔でいった。

「おいおいおい、お松、この下駄顔のどこがいいんだ。あんまりとんとん拍子で話が進むと、なんだか妬けてくるぜ」

「亀十郎様って、細い目とエラの張った四角い顔、無口で無愛想なところも、死んだお父っつぁんにそっくりなんですよ。お父っつぁんは熊にも負けない強い人だったんですが、亀十郎様も強そうじゃありませんか」

「おい、亀十郎、お前さんが、熊殺しのお父っつぁんとそっくりなんだとよ。ああ、なんだか妬けて腹が減ってきた。どうだ、そこらで飯でも食うか」

そういって虎庵がお松を振り返ると、風呂敷包みを抱えた腹のあたりでキュルキュルと音がした。

「決まりだな、江戸橋の袂にある料理茶屋で天ぷらでも食おうじゃねえか。おう、あそこだぜ」

虎庵は十間ほど先に見えた料理茶屋の掛け行灯を見つけると、大袈裟に指さしながら小走りで向かった。

「亀十郎様、先生、いっちゃいましたよ」

お松は真っ赤な顔をして俯いたままの亀十郎の背中を力一杯押した。


簀巻きにして運んだ国蔵と美濃助を「小田原屋」の蔵に放り込んだ佐助が離れに戻ると、風魔谷の長老の左平次がひとりで縁側に腰掛けていた。

刻はすでに四つをまわり、冬の到来を思わせる夜気が冷たかった。

「長老、こんな時刻まで縁側にいたんじゃ、体にさわりますぜ。ささ、中に入りましよう」

佐助は左平次の腕を取り、立ち上がるように促した。

「佐助、丹波村雲党の狙い、お前はなんだと思う」

左平次は立ち上がりながら呟いた。

「いきなり狙いといわれても……」

左平次を室内に誘い、後ろ手で障子を閉めた佐助は首を傾げた。

「いくら景気が冷え込んでいるからといって、京が本拠の丹波村雲党が遠く離れた江戸の吉原を狙うだろうか。金が目的なら吉原ではなく、大坂の新町遊郭を狙うのが定石ではないのか」

左平次は置かれていた座布団をひっくり返し、年寄りとは思えぬ身軽さで座した。

「新町遊郭も丹波村雲党の支配下ということはないのか。大坂の豪商は、裏で廓を経営するとは思えんのだが」

「大坂の廓は京や江戸と成り立ちが違ってな、大坂の各地にあった遊女屋を一カ所に集めたもので、それぞれ元あった土地の名が町名になっている。しかも幕府に設立を願い出たのが、加藤清正の家臣木村又蔵の孫とかいう木村又次郎で、これがまた秀吉の馬印千成瓢箪を貰い受けたとか、なにやら裏で武士の匂いがふんぷんとする場所なのじゃ」

「丹波村雲党は忍びゆえ、同じ忍びの風魔が支配する吉原を狙ったということか」

「じゃが佐助、丹波村雲党は所詮は京の公家衆の傀儡なのじゃ。傀儡が自分の意志で動くことなど、絶対にありえんのじゃ」

「金に困った公家衆が、日本一の売り上げを誇る吉原の利権を狙っただけではないのか」

　佐助は左平次との問答が堂々巡りのような気がして、大あくびをかいた。

「佐助、お前はお頭がおっしゃっていたことが気にならぬのか」

「御三家がどうとかいう話か」

「そうじゃ。将軍吉宗と尾張藩の間でくすぶる権力闘争に、帝や朝廷が絡んでいるとしたらどうする」

「どうもこうもないだろう。我ら風魔は、それが帝であれ将軍であれ、悪事を働けば天誅を下す許しを徳川家康から得たのだろう」

「お前は気楽でいいのう」

「気楽とはどういう意味だ。事と次第によっては、長老といえども許さないぞ」

「佐助、帝や尾張徳川家はともかく、仮に将軍吉宗に義がなかったとき、虎庵様が本当に天誅を下せると思うか」

「そ、それは……」

「即答できまい。最悪の事態を想定したとき、統領のみならず我らまでもが迷いを抱いてしまう。これは明らかに我ら風魔の弱点じゃ」

「長老、俺は頭が悪いから、長老のいわんとしているところがわからん。お頭や長老がいうとおり、此度の一件の裏には御三家や帝や朝廷が絡んでいるのかも知れん。だが俺たちは、それが確認できようができまいが、この身を張って命を狙われているお頭を護り、この吉原を護り抜かなければならんのだ」

佐助も長老も気持ちは一緒だった。

すぐ側まで迫っている危機と、得体の知れない不安と恐怖におののいていることも……。

「佐助、いずれにしても長い戦いになることは確かだ。心してかかれよ」

左平次はそういって大きく頷いた。

第三章　迷走の果て

一

虎庵の向かいの長椅子に深々と腰を沈めた大岡越前は、すこぶる機嫌がよかった。

「先生、北町奉行の中山出雲守が、くれぐれもよろしくとのことだった」

大岡越前は前日、虎庵の命令通り、佐助たちが阿片密売の犯人として、「白菊楼」の国蔵と美濃助を馬上に乗せて江戸市中を引き回した上に、北町奉行所に差し出したことをいっていた。

「奴らは下っ端で、阿片密売のことは何にも知らないのにですか」

「奴らが阿片を売ったことが確かなのだから、これで風魔に吉原の管理を任せた幕府も面目が立つというものだ。それにしても、よく奴らを殺さなかったな」

「奴らを始末するのは簡単ですが、幕府に吉原を潰されては堪りませんからね。それに俺たちが奴らを見逃しても、阿片密売組織は奴らを殺すだろうし、奉行所に突き出しても打ち首獄門。どのみち奴らは殺されるのなら、奴らの死が役立つ方法を考えただけですよ」

虎庵も機嫌がよかった。

なぜなら虎庵の読み通り、「白菊楼」の国蔵と美濃助を馬上に乗せて江戸市中を引き回したことで、敵の手の者が押っ取り刀で幸四郎たちが網を張る品川の「芝浜屋」に飛び込んだ。

国蔵と美濃助が奉行所に突き出された事実を知った「芝浜屋」では、秘匿されていた極楽香を抱えたふたりの番頭がすぐさま店を飛び出した。

「芝浜屋」を包囲していた幸四郎たちの尾行によって、ふたりの番頭が飛び込んだ本所の武家屋敷と、雑司ヶ谷の江戸川橋近くにある骨董商「夢幻堂」の存在を知ることとなった。

しかも大岡越前はそんなことも露知らず、幕府と北町奉行の面目が立ったことを素直に喜んでいるのが可笑しかった。

「ところで大岡様、吉原浄念河岸にある『白菊楼』と『伊勢屋』について、上様はなんと仰いましたかな」

「おう、それそれ。明暦の大火のあと、御三家は藩邸再建資金を得るために、吉原に見世を出させろと老中にゴリ押ししたそうなのだ。確か尾張家が『白菊楼』、紀州家が『伊勢屋』、水戸家が『三日月楼』だ。表向きは出入りの商人に経営させて、利益を上納させていたそうなのだ。そして目的の資金を十分に回収した四年後の正月、京の禁裏で大火が起き、その翌年の五月には……」

「京で大地震が起きた」

「その通りだ。幕府は御三家と相談の上、三軒の見世を買い上げた。そして、その売り上げを大火と災害の復興資金に充てるよう、関白を通じて見世の経営をするように朝廷に申し入れたのだ」

「お公家に見世の権利をくれてやったということですか」

「左様、朝廷はしかるべき人物に三軒の見世の経営を任せたが、それが誰なのかはわからないそうだ」

「将軍にもわからないとは、京はまさに魑魅魍魎の巣窟ということですか」

「否定はせぬ」

上機嫌だった大岡越前だったが、いつのまにか髭の剃り残しを探す困ったときの癖が出始めていた。

「わかりました。ところで大岡様、これで我ら風魔が吉原の行く末を案じる必要はなくなったのでしょうな」

「うむ、阿片密売の犯人が見つかったのだから、風魔への疑惑も晴れた」

「ついでといってはなんですが、何やら江戸に集まっていた賞金稼ぎはどうなりました」

「ああ、その件か。これは左内の報告だが、なにやら板橋、内藤新宿、品川、いずれの宿からも、続々と江戸を離れているらしい。もっとも癖の悪そうな奴らが十人ばかり、いまだ商人宿に潜伏しているようだ」

「続々と江戸を離れているって、なにかあったんですか」

「千住宿の上州屋という旅籠にムササビの源八。内藤新宿の武蔵屋には北村藤治郎、品川の相模屋には鬼夜叉の権六。この三人は賞金稼ぎなら知らぬ者はいないという手練れでな、その生首が昨日の朝、それぞれが投宿していた旅籠の玄関先に置かれていたそうだ。どの生首も耳を殺がれ、口は耳まで裂かれていたそうだ」

虎庵はそれが幸四郎たちの仕業とわかっているが、大岡越前にわざわざ教えることでもない。

それより今回の賞金稼ぎの一件に関する、奉行所の考えを大岡越前の口から確認することが先決だった。

「逃げ出した賞金稼ぎは、三人の生首を見て怖じ気づいたということですかね」

「奴らがどんな賞金首を狙って江戸入りしたかはわからぬが、いずれにしても玄関先に置かれた生首は、標的にされた者からの警告ということなのだろう」

大岡越前は、顎裏でようやくつまんだ剃り残しの髭を一気に引き抜き、痛そうに顔を歪めた。

「大岡様の話を聞いていると、どこか他人事のようですが、賞金稼ぎの連中は捕り方にしてみれば子分のような者ではないのですか」

「先生、全国の奉行所や代官所が、悪党にかける懸賞金などいいとこ十両だ。しかも江戸の町奉行所が賞金首にしたお尋ね者はわずか十一人。懸賞金の総額でいうと八十五両だ」

「随分しけた金額ですね」

「そうだ、公儀の懸賞金など、全国の賞金稼ぎが飯を食える金額ではない。だが全国の諸藩が公金を横領した脱藩者や、店の金をくすねた奉公人に、商家がかける懸賞金を含めると、賞金稼ぎが生業として成り立つというわけだ」

「しかし大岡様。例えば何者かが大岡様の首に千両の懸賞金をかけ、生死を問わないとなれば、これは殺人依頼ではないのですか」

「それが賞金稼ぎどもの裏稼業なんだよ」

「それでは奉行所は、今回の生首事件には見て見ぬ振りですか」

「人聞きの悪いことを申すな。賞金首と賞金稼ぎの殺し合いは、いうなれば共食い。

奉行所にしてみれば、毒をもって毒を制すといったところなのだ」

大岡越前は、わけのわからぬいい訳で歪んだ表情を虎庵に悟られまいと、剃り残しの髭をこれ見よがしに抜き、大袈裟に痛がった。

「では奉行所は……」

「先生、その件については武士の情けだ。そのあたりで勘弁してくれ。本音を申せば、奉行所はそれどころではないのだ」

「それどころではないとは……」

「その方も左内から聞いておると思うが、上様は江戸の新たな火災対策として、町火消しなる仕組みを作るおつもりなのだ」

「江戸の大火の歴史を思うと、遅きに失しているといわざるを得ませんが、上様はどんな仕組みを考えてるんですか」

「まずは、いろは順に四十七組を組織し、それぞれ担当の区域を任せようと考えておられる」

「いろは順ですか。い組、ろ組、は組、に組、ほ組ってわけですね」

「そうだ」

「でも、へ組はいただけませんね。ひ組は縁起が悪いし、ら組、ん組なんてのもまずいんじゃねえですか」

「えーい、黙れ黙れっ！　上様はただでさえ、尾張様から上奏された藩邸の瓦葺きの件で頭を悩まされておるというのに、そんなことといえるわけがないだろう」

「尾張様の上奏って、遠州瓦の件ですか」

「そうだ。江戸にある藩邸の全てに、魔除けの鬼瓦を乗せるという話だ。上様は魔除けはともかく、どうしたら江戸の建物全て、瓦葺きにできるかで頭が一杯なのだ。えーい、儂もこうしてはおれぬ。先生、馳走になった」

大岡越前はそういうと、慌ただしく部屋を出た。

「佐助、見たか？」

「はい、御奉行は抜く髭がなくなったら、眉を抜いてました。ありゃあ、ちょいとばかり……」

「心を病んでいるようだな。お前さんも滅多なことを口にするなよ」

「はい」

佐助は口元で人差し指を立てた。

「それにしても、幸四郎たちが考えた賞金稼ぎへの警告は、効果覿面のようだな。まだ江戸に居残る、癖の悪い十人が気になるが、とりあえず幸四郎たちに美味い物でも食わせてやってくれ」

虎庵はそういうと袂から五枚の小判を取り出し、佐助に手渡した。

「先生、こんなにいりませんよ」

「まあいいじゃねえか。それよりお松と亀十郎の姿がみえねえようだが」

「日本橋に芝居見物にいってます」

「おいおい、おやすくねえなといいてえところだが、佐助、お前さんは、お雅を放っておいていいのかい。毎日、ほとんど一緒にいる愛一郎に、横取りされたって知らねえぜ」

虎庵は意地悪そうに、俯く佐助の顔を覗き込んだ。

「あっしは別に、お雅さんのことなんか……」

「強がるんじゃねえよ。この一年、なにやら殺伐としたことが多かったせいか、何日か前に桔梗之介の道場で仲睦まじいふたりをみたんだ。好き合って一緒になった夫婦なんだから仲がいいのは当たり前だが、あんな姿を見せつけられると、この俺だって女が恋しくなっちまったぜ」

「でも、お頭は……」

佐助が消え入りそうな声でいった。

「そうだ、風魔の統領なんて因果なもんだぜ。女に惚れても、子ができた途端に子供は風魔谷に預けられ、子を産んでくれた女は江戸を追い出される。まるで鬼が考えた掟だぜ。ま、そんなこともあってな、お前たちには惚れた女と、とことん生き抜いてもらいてえんだよ」

「お頭……」

佐助は、煙管を咥えたままふらふらと立ち上がり、縁側に向かう虎庵の背中をみていると、いま聞いた話に嘘はないと思った。


夜明けとともに始まった歌舞伎見物を終えた亀十郎とお松は、料理茶屋を出た。

すでに五つ過ぎ、あたりはとっぷりと日が暮れているが、さすがは天下の日本橋。

買い物や芝居帰りの客が家路を急いでいる。

近くの河岸に留めた猪牙舟に乗り込んだ亀十郎は、お松の背中にいった。

「お松さん、今日はこのまま帰るが、どこか寄りたいところはないか」

すると舟の中程に座ったお松が振り返り、えもいわれぬ笑みを見せた。

まったく化粧っ気がないスッピンにもかかわらず、息を飲むようなお松の美しさに、亀十郎は艪を握るのも忘れて生唾を飲んだ。

「いいんですよ。今日は芝居茶屋でご馳走にまでなってしまい、もうたくさんでございます」

「そうか、それではこのまま、来たときと同じ大川を使って三味線堀に向かう」

「はい」

お松は亀十郎が艪を漕ぎ出したのを確認すると、前方に向き直った。

心なしか上気したお松の頬を冷たい川風が撫でた。

ほんの何日か前まで、夢にも思わなかった自由で幸福なひとときに、お松の瞳から流れ出た熱い涙が顎を濡らしていたが、艪を漕ぐ亀十郎は気付いていない。

ほどなくして、猪牙舟は永代橋にさしかかった。

「お松さん、向こうに見えるのが永代橋だ。三味線堀まで四半刻はかかるが、我慢してくれ」

「はい」

返事をしたお松が、なぜか首を伸ばすようにして前方を見た。

雨でも降るのか、月は厚い雲に覆われてあたりは漆黒の闇に包まれている。

舳先に吊した提灯の明かりも、せいぜい一間先までしか届いていないというのに、お松は何を見ようとしているのか。

「お松さん、どうしたい」

「亀十郎様、ほら永代橋のところで蛍が……」

「蛍って、まもなく冬だぜ」

亀十郎がお松が指さしている方向を見ると、確かに永代橋の欄干のあたりで、小さな蛍のような明かりが見えた。

そして次の瞬間、強烈な閃光が走り、銃を構えた男の姿を浮かばせた。

「なん……」

亀十郎が呟く間もなく、右肩に棍棒で殴られたような衝撃が走った。

あまりの衝撃で艫から吹き飛ばされた亀十郎は、海中に落下しながら十間ほど後方にいる小舟の提灯に気付いた。

「お、お松っ！」

亀十郎は右肩の激痛で薄れゆく意識の中で、必死にお松の名を叫んだ。

二

翌朝明け六つ、浅草のりの収穫に出た漁師たちに発見された、亀十郎を乗せた荷車が車輪を軋ませながら門を開いたばかりの良仁堂に駆け込んだ。

「虎庵先生っ、亀十郎様が大変だっ！」

門の裏で掃き掃除をしていた愛一郎が、怒鳴り声を聞いて荷車に駆け寄った。

「なんだ、漁師の安佐吉じゃないか。慌ててどうした？」

「愛一郎先生、何をのんきなことをいってるんでい」

安佐吉はそういうと、荷車にかけられた筵をはぎ取った。

着物の右肩が大きく血に染まり、顔面蒼白で横たわる亀十郎の姿が露わになった。

「朝っぱらから何ごとだ」

寝間着姿の虎庵が玄関先から飛び出した。

「先生、亀十郎がっ!」

愛一郎が叫ぶのと同時に荷車に走り寄った虎庵は、ずぶ濡れの亀十郎の胸に耳を当てた。

「こいつぁまずいぜ。愛一郎、亀十郎をすぐに荷車からおろすぞ。手伝えっ!」

虎庵が亀十郎の上体を起こし、その両脇に腕を差し入れると愛一郎も冷めたい足首を掴んだ。

虎庵は地べたに亀十郎を寝かせると、すぐさま馬乗りになった。

そして亀十郎の胸で両手を重ねると、何度も何度もその胸を押した。

「亀十郎、死ぬんじゃねえぞ。死ぬな、死ぬな、死ぬな……」

虎庵が呪文のように呟きながら、二十回ほど胸を押したとき、目を閉じたままの亀十郎が突然咳き込み、大量の水を吐き出した。

そこに佐助とお雅が現れた。

「よし、亀十郎の野郎、三途の川を戻って来やがった。佐助とお雅は、急いで風呂の湯を沸かしてくれ。愛一郎、すぐに治療室に運ぶぞ」

虎庵と愛一郎は、息は吹き返したが小刻みに全身を痙攣させる亀十郎を治療室に運んだ。

「愛一郎、ようく見るんだ。この全身の震えはな、大量の出血があったときに起こる痙攣だ」

「先生、亀十郎は助かりますよね」

愛一郎は半泣きで訊いた。

「そんなことは、こいつの生命力次第でわからねえ。それよりこの肩の傷を見ろ」

「これは鉄砲傷です」

「そうだ、幸い弾は抜けているが、かなりの出血をしているようだ。愛一郎、縫合の準備だ」

虎庵は琉球で買った、消毒用の古酒を亀十郎の傷口にふりかけた。

普通なら激痛で、大の男が悲鳴を上げるというのに、亀十郎は目を閉じたまま全身を痙攣させている。

「愛一郎、傷の縫合は俺がやる。お前は裸になって亀十郎を温めるんだ」

「はいっ」

愛一郎はすぐさま作務衣を脱ぎ捨て、褌一丁になって亀十郎に覆い被さった。

「昨日、お前とお松が帰ってこないのは、どこかの出合い茶屋にでもしけ込んで、しっぽり楽しんでいると思ってたんだぞっ！」

虎庵は意識の戻らない亀十郎の頬を平手でひっぱたいた。

そして目にも留まらぬ早業で、肩と背中の傷口を縫い合わせた。

ほどなくして佐助が治療室に駆け込んだ。

佐助はわけがわからず、裸で亀十郎に覆い被さる愛一郎を見てギョッとした。

「先生、風呂の湯の準備ができました」

「よし、あとはこいつの意地汚え生命力に賭けるだけだ。佐助、脚の方を頼む」

虎庵と佐助は亀十郎を風呂場に運び、すぐさま湯の中に放り込んだ。

「亀十郎の出血は止まっている。愛一郎、お雅、あとのことは頼んだぜ。佐助、ちょっと来てくれ」

虎庵と佐助は、奥の座敷に向かった。


縁側で胡座をかいた虎庵は、買ったばかりの煙管を力任せにへし折った。

「佐助、お前はどう思う」

「さっき、漁師の安佐吉に訊いたんですが、今日は満潮でして、亀十郎はだいぶ下流から流されてきたようです」

「てえことは、芝居の帰りに何かあったということか」

「昨日、野郎は猪牙を貸してくれといってきましたから、おそらく日本橋には猪牙を使ったと思います。そして芝居見物を終え、大川を遡上してくるところを狙撃されたということでしょう」

「お松の姿が見えねえのは、どういうことだ」

「わかりません」

「そりゃそうだよな。わかるわけねえよな」

虎庵はへし折った煙管を庭先に投げ捨てると、両手で頭を抱えた。

佐助にも、そんな虎庵にかける言葉はなかった。

それから半刻後、無言で庭を見つめる虎庵と佐助の元に、愛一郎が駆けつけた。

「先生、亀十郎さんの意識が戻りましたっ！」

「そうか。それはよかった。だがあの状態じゃ、ろくに話もできねえだろう。佐助、すぐに床を用意して、野郎を寝かせてやってくれ。それから愛一郎、お前さんは両国の猪鍋屋にいって、新鮮な猪の肝臓を分けて貰ってきてくれ」

「猪の肝臓ですか」

「ああ、肝臓には増血作用があるんだ。亀十郎の容態が安定したら、その肝臓を食わせるんだ」

「わかりました」

すぐに立ち上がった佐助と愛一郎は、亀十郎の元へと向かった。

「いったい何が起きたというんだ……」

虎庵は呻くように呟くと、再び両手で頭を抱えた。


一方その頃、本所御舟蔵裏にある廃寺の本堂では、猿ぐつわを噛まされて後ろ手に縛られたお松を三人の男が囲むようにしていた。

丹波村雲党の殺し屋「鞍馬死天王」の長男辰吉、次男寅次郎、四男亀松だった。

「兄貴、人質として掠うのは、愛一郎とかいう小坊主じゃなかったのか」

「この女は、その愛一郎をおびき寄せるための餌や」

「どういうことや」

「ええか、愛一郎とかいう小坊主は、雀右衛門が見張っている。小坊主が屋敷を出たら、適当なところで雀右衛門が、この女が大怪我をして歩けねえで困っていると伝えるんだ。そうすりゃ小坊主は押っ取り刀でこの寺に来るって寸法や」

「なるほど。兄貴、小坊主の件はわかったんやが、小坊主を捕まえた後、この女はどうするつもりなんや。それにしても、身震いするような、ええ女やで」

次男の寅次郎は舌なめずりをして、お松の裾を強引にまくった。

お松は反射的に身をよじらせたが、太股の付け根にある翳りの和毛《にこげ》がわずかに顔を覗かせた。

「寅次郎、やめておけ。仕事の前に女は不吉や。風祭虎庵の始末を終えたら、この女はお前にやるから、いまは我慢するんや」

「兄貴、本当やな。男に二言はないで」

途端に上機嫌になった寅次郎は、腕を縛られて身動きのできないお松の股座《またぐら》に手を突っ込んだ。

「兄貴があゆうてるから、今日はここまでや。仕事が片付いたら、たっぷり可愛がってやるさかい。げへへへへ」

寅次郎はお松の股座で蠢かせていた手を引き抜くと、その指先を鼻先に当ててもう一度、野卑な笑い声を上げた。

「寅兄い、いいかげんにしろや」

一番若い亀松が鬱陶しそうにいい、お松の前でしゃがみ込む寅次郎の肩を蹴った。

「な、なにしやがる」

本堂の床を二転三転した寅次郎は、片膝を突いて起きあがると懐中の匕首を引き抜いた。

忍びの兄弟だからといって仲がいいとは限らない。

ことに忍びの世界は武家や公家と違い、身分や官位による区別もなく、その掟に親や兄を敬えという一文もない個人の自由を尊ぶ。

兄が理不尽な真似をすれば、掟に触れない限り、弟が己の正義に則って兄をたしなめても文句をいう者はいない。

女好きで酒と金にだらしなく、節操のない次男の寅次郎は「鞍馬死天王」の名にふさわしくない鬼っ子なのだ。ただひとつ、狙いを定めた賞金首を何のためらいもなく討てる残虐性以外は……。

「ええかげんにしとけやっ！」

辰吉が投げつけた苦無《くない》が乾いた音をたて、寅次郎の足下に突き刺さった。

「わ、わかっとるわい」

怒った辰吉の恐ろしさを体で知る寅次郎は、あっさり引いて匕首を収めた。

「それにしても亀松、あの亀十郎とかいう男を狙撃したとき、予定より二十間（約三十六メートル）も離れたところで引き金を引いたのはなぜや。命中したからええが、失敗したときのことを思うと、お前さんらしからぬ失敗や」

黙って話を聞いていた亀松は、袂から何物かを取り出すと、辰吉に向かって転がした。

辰吉はコトコトと音をたてながら、足下に転がってきた小さな金属製の玉を拾い上げた。

「それは、儂が色々試して行き着いた弾なんや。そいつの表面には、いくつも穴を開けておるんやが、そうすることで弾の直進性が向上し、飛距離も命中精度も上がったんや。もっとも、銃身と銃口にも多少、手を加えてみたんやがそれは内緒や」

亀松は壁に立てかけた、やけに長く感じる火縄銃を掴み、袖で銃身を磨いた。

「ほう、これだけのことで、それほどの効果が上がるとはな」

「これまでの火縄銃で狙撃し、確実に相手を殺そうと思うたら、せいぜい二十間がええとこやった。でもこの弾と儂の銃なら、倍の四十間（約七十二メートル）離れても大丈夫なんや」

「それは大袈裟やろ」

辰吉は手にしていた弾を亀松に向かって転がした。

「辰兄い、それが大袈裟でもなんでもないんや。いままでの銃では二十間先の人間を狙っても、体に命中させることができても、どこに命中するかはわからんのや。でもこの弾と儂の銃なら、四十間先の人間の目玉を打ち抜ける。つまり、確実に殺せるというわけや」

「ま、昨夜の狙撃を見れば、お前のゆうてることも大袈裟やないんやろ。楽しみになってきたで……」

辰吉は頭の後ろで手を組むと、そのまま仰向けに寝転がった。

いつのまにか境内に出た寅次郎が、手にした鎖鎌の分銅鎖を回転させると、ヒュンヒュンと風を切る単調な音が辰吉の眠気を誘った。

両国橋東詰にある猪鍋屋で、猪の肝臓を分けてもらった愛一郎が店の玄関を出ると、見知らぬ男が声をかけてきた。

「良仁堂の若先生じゃありませんか」

買い物に出た愛一郎を良仁堂の門前からつけてきた、「鞍馬死天王」の三男雀右衛門だった。

身の丈五尺五寸ほどの優男で、愛一郎はどこぞの商家の番頭かと思った。

幼い頃、雀右衛門たちがいた曲芸の一座は、江戸では両国西詰の小屋が活動の拠点となっていた。

おかげで雀右衛門は流暢な江戸弁を仕えたし、両国橋界隈は庭のようなものだった。

「わ、若先生って、わたしはただの助手ですよ」

「よくいいますよ。先日、うちのかかあがぎっくり腰で良仁堂を伺ったところ、大先生が『愛一郎は一人前』と太鼓判を押してたそうですよ」

「そ、そんなことを先生が……」

あまりに人に褒められたことのない愛一郎は、雀右衛門の露骨なよいしょにもかかわらず、決して悪い気はしていなかった。

「それより若先生、お声をかけさせていただいたのはほかでもねえ、うちの隣の漁師が、今朝方、大川で大怪我をした女を助けちまったんですよ」

愛一郎の脳裡にお松の名がよぎった。

「大川で大怪我をした女？」

「本人は確か、お松って名乗っているそうですが、なにせ右足に酷え怪我をしておりやして、お医者に運ぼうにもどうにもならねえんですよ。それでよろしかったら、若先生に診ていただければと思いやして……」

「いま、お松といいましたよね。漁師さんの家というのはどこにあるんですか」

「へえ、本所御舟蔵町、そこのひとつ目橋を渡ったらすぐです」

雀右衛門は西の方向を指さした。

「わかりました、急ぎましょう」

普段の愛一郎なら、治療道具もなしに怪我人を診にいくことはない。だが若先生とおだてられた上に今朝方の亀十郎の一件もあった。

雀右衛門の思惑に気付く心の余裕など、あろうはずもなかった。

愛一郎は、まさに飛んで火にいる夏の虫だった。

三

昼過ぎ、虎庵が縁側にたたずんでいると、大きな寿司桶をぶら下げた御仁吉と幸四郎、獅子丸の三人が庭先に現れた。

「先生、昼飯ににぎり寿司を買ってめえりやした」

「おう、幸四郎。賞金稼ぎの件はご苦労だった。大岡越前に聞いたが、首尾は上々だったようじゃねえか」

虎庵は三人を室内に上がるよう、無言で促した。

「それが先生、そうでもねえんですよ」

虎庵の向かいの長椅子に座った幸四郎は頭を掻いた。

「宿の玄関先に塩漬けの生首を置いてやった日の朝、板橋も内藤新宿も品川も大騒ぎでした。その日の昼には投宿していた賞金稼ぎどもが、蜘蛛の子を散らすようにこぞって宿を出て、どの宿も蛻《もぬけ》の殻になっちまったんです」

幸四郎は興奮気味に話した。

「だが大岡越前の話では、まだ十人ぐらいが残っているそうだぜ」

「その通りなんですが、御仁吉、先生に説明してくれ」

幸四郎は頭を掻きながら話を御仁吉に譲った。

「俺たちが始末した奥州のムササビの源八、甲州の北村藤治郎、東海道の鬼夜叉の権六は、この国で五指に入る手練れの賞金稼ぎで、殺し屋という裏の顔を持つ野郎たちでしたから効果覿面でした。ところが千住宿に投宿している賞金稼ぎの中に、ハナから千両首より江戸での物見遊山が目的だった野郎が十人もいやがったんです。やつらは津軽と陸奥の田舎もんでして、浴びるように酒を飲んでは岡場所に通う毎日なんですよ」

「大岡越前が癖の悪い連中といっていたのは、そういうことだったのか。どうだ、そいつらの首に、風魔が十両ずつ懸賞金をかけるというのは」

「先生、洒落がきついですよ。奴らが飲んでいる酒も安物なら、抱いている女たちも下の下。間もなく資金も尽きると思いますが、今夜あたり、ちょいと脅しをかけてみますんで」

御仁吉は申し訳なさそうに、何度も頭を下げた。

「先生、亀十郎のことは佐助から聞きましたが、愛一郎はどうしたんですか。奴の分まで寿司を買ってきたんですが」

幸四郎はあたりを見回した。

「いや、亀十郎に食わせるための猪の肝臓を、両国まで買いにいって貰ってるんだ」

「そうですか」

「まもなく戻るだろうから、さっさと飯にしようじゃねえか」

そういって虎庵が寿司桶を覗き込んだとき、お雅がお吸い物を載せた盆を抱えて現れた。

「お雅さん、あんたの分もあるから、一緒に食べようや」

幸四郎がいうと、お雅は困ったような様子で俯いた。

「幸四郎、気遣いはありがたいが、お雅さんは生魚が苦手なんだ」

「おお？　まるで亭主みたいな言い草も堂に入ってきたじゃねえか。うらやましいねえ、先生、佐助は近いうち祝言でも挙げるつもりなんですかね」

ぺらぺらとよく喋る幸四郎の月代に、顔を紅潮させた佐助の拳骨が振り下ろされた。

「幸四郎、冗談はそれくらいにして飯にしようぜ」

虎庵がそういって、照りのいい煮穴子の握りに手を伸ばしたとき、庭に一尺ほどの竹筒が投げ込まれた。

「なんだありゃ」

虎庵がいうよりも早く、庭先に飛び出した佐助が竹筒を拾い上げた。

佐助が竹筒の中程を縛っている紐をほどくと、竹筒がふたつに割れた。

「先生、これ……」

佐助は中から出てきた書状を虎庵に手渡した。

「なんだ……」

ほどなくして虎庵は手紙を読み終えると、

「まずいことになった」

と呟いて書状を卓に広げた。

それをすかさず拾い上げた佐助が、すぐさま読み上げた。

「愛一郎の身柄はあずかった。返して欲しければ、明晩四つ半、千両首をきれいに洗い、下日暮里の万随院までひとりで来い……ふざけやがって」

部屋にいた一同は、重苦しい空気に包まれた。

口を開くものはひとりもいない。

そのとき、奥の部屋に通じる木戸がガタリとなった。

一番近くにいた獅子丸が木戸を開けると、血の気の引いた額に脂汗を浮かせた亀十郎が倒れていた。

「亀十郎っ！　亀十郎っ！」

慌てて助け起こした獅子丸が亀十郎の耳元で怒鳴ると、亀十郎は虚ろな目で呟いた。

「敵は縞の合羽……四人組……」

言葉を聞いた獅子丸が幸四郎を振り返った。

「白菊楼」の主人の国蔵と番頭の美濃助を良仁堂に運んだ際に、門前をうろついていた縞の合羽を着た四人組を思い出した幸四郎は、大きく頷いた。

「永代橋から狙撃され……お松を掠われた……」

亀十郎は訥々と呟き終えると、重体患者とは思えぬ膂力で獅子丸の腕にしがみつき、小さなふたつの目をカッと見開いた。

一瞬、輝きを見せた瞳には、明らかに殺意が宿っていたが、瞳は力なくまぶたに吸い込まれた。

「先生、亀十郎がっ！」

二人に駆け寄った虎庵は、すぐさま亀十郎の頸動脈に指先を添えた。

「安心しろ、脈は強くなっていやがる」

虎庵がそのまま亀十郎を抱き上げて寝所へと向かうと、お雅がその後を追った。

「佐助、どうする」

幸四郎は震える手で書状を掴んだまま、虚ろな目で天井を見上げる佐助にいった。

「ああ。すまねえが獅子丸、両国の猪鍋屋にいった愛一郎がどこで消えたのか、急いで足取りを追ってくれ」

「はい」

獅子丸は返事をするや庭先に飛び出し、風のようにその場を去った。

獅子丸と入れ違いで、庭先に天ぷらの包みをぶら下げた長老の左平次が現れた。

左平次も幸四郎たちと一緒に良仁堂を目指していたが、注文した天ぷら屋の仕事が遅く、遅れて到着したのだ。

「獅子丸の奴、血相を変えて……佐助、なにかあったのか？」

縁側に上がった左平次は、消えた獅子丸を振り返りながら訊いた。

そこに、能面のように表情を失った虎庵が戻った。

「先生……」

「おう、長老も来たのか。とりあえずそこに座ってくれ」

虎庵に促された長老は、長椅子に座っていた佐助と幸四郎が、左右にのいて作った隙間に座った。

「長老、亀十郎の件は知っての通りだが、どうやらお松を拐かすために、大川を猪牙で遡上しているときに、永代橋から狙撃されたらしい」

「お松を拐かすため？」

「ああ、それからこれを見てくれ」

佐助は卓に置かれた書状を左平次に渡した。

しばしの沈黙の後、虎庵が口を開いた。

「佐助、下日暮里の万随院とはどのあたりだ」

「お頭、だめです。愛一郎も風魔、己の身がこういう危機にさらされることは覚悟の上です」

「そんなことはわかっているよ。いいから場所を教えろ」

虎庵は有無をいわせぬ迫力で佐助を睨んだ。

「下谷寛永寺裏の、広大な田地の一画です」

「津田幽齋殿がいる根来寺の裏に広がる、新堀に囲まれた田地か」

「はい。農民が住む村は新堀沿いにかたまり、田地は稲の刈り入れは終わって、見渡す限りの野原です。建物といえば浄正寺が目立つくらいで、万随院はその南西にあたります」

「なるほどな」

虎庵は煙草入れから煙管を取り出し、雁首にキザミを詰めた。

「幸四郎、さっき亀十郎が縞の合羽を着た四人組といったとき、獅子丸はどうしてお前を振り返り、お前はうなずいたのだ」

佐助はさっきのことを見逃していなかった。

「じつは『白菊楼』の主人の国蔵と番頭の美濃助を良仁堂に運んだときに、門前をうろつく縞の合羽の四人組を見たんです。俺たちに気付くと逃げちまったし、どうせ賞金稼ぎが様子を見に来たのだろうと思い、報告もしなかったんだ。あのときは、まさかこんなことになろうとは……すまねえ」

幸四郎はそういって俯いた。

「ふたりとも、ちょっと待て。まずは話を整理しようじゃねえか」

虎庵は煙草に火をつけ、スパスパと音をたてた。

「そうじゃ、亀十郎を狙撃してお松を掠ったのは縞の合羽の四人組じゃが、愛一郎を掠った賞金稼ぎとは話が別ではないのか」

左平次がいった。

「長老、そんなことはわかっているが、なんで愛一郎を掠った奴が賞金稼ぎといいきれるのだ」

「幸四郎、この書状に『千両首をきれいに洗って』と書いているということは、断定はせぬがとりあえず、賞金稼ぎと考えていいのではないか」

「なるほど、そういうことか……」

幸四郎はそんなことにも気付かなかった迂闊さを恥じて頭を掻いた。

「お頭、長老、俺は亀十郎を狙撃した奴も、愛一郎を掠った奴も同じと思ってます」

「なぜだ」

「お頭、愛一郎が買い物にいった両国界隈は人目だらけです。奴も風魔、そんな場所で、黙って掠われるわけがありません」

「佐助、俺もそこが気になっているんだ。少なくとも亀十郎の状態を知っていて、その治療に必要な猪の肝臓を買いにいくよう命令されていた愛一郎が、寄り道するとしたら理由はなんだ」

「お頭、愛一郎は両国で、掠われた可能性もあります」

「それはそうだが、ここから両国への道を考えてみろ。それこそお前さんがいうとおり、昼日中、人目につかずに両国に行くのは不可能だぜ」

「ですから、獅子丸に愛一郎の足取りを確かめに行かせてますので、しばらくお待ちいただけないでしょうか」

「そうか、ところで幸四郎。縞の合羽の四人組、しかも鉄砲遣いがいる賞金稼ぎってのは、千住宿に逗留してる奥州と津軽の者なのか」

虎庵は天井を見つめたままいった。

「それが、千住宿の連中は全員浪人者でして、縞の合羽というのは……」

幸四郎は答えあぐねた。

「まだはっきりしているわけじゃあねえが、仮に愛一郎が肝臓を買い求めた後に掠われたということになれば、場所は本所だ。本所に逗留している賞金稼ぎはいなかったのか」

「はい、少なくとも奉行所も御仁吉も、本所に逗留する賞金稼ぎの情報は掴んでいません」

「お前さんは、自分で調べたのか？」

「いえ、それは……」

自分の落ち度を自覚した幸四郎の額に、みるみる脂汗が浮かんだ。

そこに息せき切った獅子丸が戻った。

「佐助兄貴、愛一郎は猪鍋屋で猪の肝臓を手に入れてます。店先を掃除していた小僧の話では、店を出たところで町人風の男に声をかけられ、二言三言話した後、一緒にひとつ目橋の方向に向かったそうです」

獅子丸は、あらためて購入した肝臓の包みを虎庵に渡した。

「ひとつ目橋って、ここことは逆の方向じゃねえか」

佐助は首をひねった。

「佐助、いずれにしても本所が問題だ。明日の晩まではまだ間がある。風魔を総動員して愛一郎の足取りを追ってくれ。それから幸四郎、お前さんは本所に潜伏している賞金稼ぎを洗い出すんだ。いいなっ！」

「はい」

返事をそろえた佐助と幸四郎は、即座に部屋を飛び出した。

「長老、敵がこの屋敷を襲ってくるとは思わねえが、愛一郎は掠われて亀十郎も重傷だ。お前さんも、この屋敷にとどまってくれ」

「もちろんです」

「それじゃあ、俺はちょいと出かけてくる。後は頼んだぞ」

虎庵はそういうと、刀掛けにかけた大小を手にして部屋を出た。

四

下谷寛永寺裏にある根来寺の境内では、一升の通い徳利をそれぞれの目の前に置いた虎庵、桔梗之介、津田幽斎が角を突き合わせていた。

総髪を無造作に後ろで縛った虎庵と、総髪を肩に垂らした津田幽斎が、意味ありげににやつきながらつるつる坊主の桔梗之介を見た。

「な、なんです。虎庵様、俺の顔に何か付いていますか」

「いやなに、この寺の住職の津田殿は侍然とし、剣術道場主のお前さんが僧侶然としているってのは、奇妙な光景だと思ってな。わははは」

虎庵は手を伸ばして桔梗之介のつるつる頭を撫でた。

「桔梗之介殿、ものは相談なのだが、明日の檀家の法事、代わりに頼めぬか」

「幽齋殿も、つまらぬ冗談はやめてくだされ」

「おいおい、そうすげなく断るなよ。お経料だなんだと、坊主ってのは結構、実入りがいいみてえだぜ」

「弟子の愛一郎を人質に取られ、命を狙われている千両首にしては、随分余裕がありますな」

桔梗之介は冗談をやめぬ虎庵に、皮肉を込めていった。

「そうだ、虎庵殿。あそこに見えているのが浄正寺で、その左手の小さな建物が万随院だ。いまは荒れ寺になっていて、その向こうに宮地稲荷がある。見ての通り、いまは稲刈りも終わり、見渡す限りの野原。ここで狙撃されたら、隠れようがないな」

幽齋は開け放たれた襖の向こうを見ながら、酒が満たされた茶碗を口元に運んだ。

「幽齋殿、つかぬ事を伺うが、鉄砲で確実に命中させられる距離とはどれほどのものなのだ」

虎庵も茶碗を口元に運んだ。

「確実に殺せるとなれば、普通の鉄砲なら二十間、我ら根来衆が使う鉄砲と弾なら四十間といったところか」

「二十間と四十間では倍も違うではないか」

「ちょっと待ってくれ」

幽齋はそういうと本尊の裏に回り、左右の手に二挺の鉄砲を持って席に戻った。

「虎庵殿、こちらが通常の堺で作られた鉄砲で、こちらが我ら根来衆が作った狙撃用の鉄砲だ。見ての通り狙撃用の鉄砲の方が、七寸ほど銃身が長い」

「七寸で距離が倍も変わるのか」

「もちろん、火薬の量も変わるが、一番はこの弾丸だ」

幽齋は懐から取り出したふたつの弾を虎庵に渡した。

「桔梗之介殿の頭のようにツルツルの鉛玉が通常の弾丸で、表面に細くて複雑な溝が刻まれた弾丸が根来の狙撃用弾丸だ。その刻まれた溝によって弾丸が回転して直進性を増し、飛距離も伸びるというわけだ」

「こんな弾丸が体にめり込んだら、さぞかし痛えんだろうな」

「痛みなどない。なぜならこの鉄砲と弾丸を使えば、四十間先の人間の眉間を確実に撃ち抜けるから、標的は即死で痛みを感じている間はない」

「嫌なことをいうぜ」

虎庵は口をへの字にして幽齋を見た。

「そうだ、いいものを進ぜよう」

幽齋はそういうと、再び本尊の裏に向かうと、小さな桐箱を持って戻った。

「これはなんだね」

「これは俺が使う防弾用鎖帷子《くさりかたびら》だ」

幽齋はそういって、桐箱の中からジャラジャラと音をたてながら鎖帷子を取り出して広げた。

「通常、忍びが使う鎖帷子より、細い鎖を使って軽量化してあるが、この心の蔵を保護する鉄板と鎖は鋼でできている。この鉄板なら至近距離で撃たれたとしても、心の蔵だけは確実に守れる」

「心臓を護れたところで、肺に穴が開けば人間はイチコロだ」

「それはそうだが、相手の狙撃手の腕が良ければ良いほど、心の蔵の狙いは外さないから、それだけ生き延びる可能性も高くなるというわけだ。まあ、気は心だ、遠慮せずに持っていけ」

「ありがとよ」

虎庵は珍しく素直に、幽齋が鎖帷子を収めた桐の箱を受け取った。

「ところで幽齋殿、縞の合羽を着た四人組の賞金稼ぎについて、なにか知らぬか」

「縞の合羽は知らぬが、四人組の賞金稼ぎなら知っている。だいたい、たいした金も稼げない賞金稼ぎなんてのは、ひとりというのが相場なんだ。ところがこいつらは四人兄弟で、長男が剣術、次男が鎖鎌、三男が槍術で四男が鉄砲遣いという変わり種なんだ」

「四人兄弟で鉄砲遣い……詳しく教えてくれ」

「詳しくといっても、そいつらが『鞍馬死天王』と呼ばれていることくらいで……」

「鞍馬ってことは、そいつらは京にいるということか」

「そういうことだが……」

虎庵の首に千両の賞金をかけた「安暁寺」が、京にある丹波村雲党の菩提寺であることに気付かぬ幽齋ではなかった
「いや、なんでもねえ。気にしねえでくれ」

虎庵は幽齋の茶碗に酒を注いだ。

「気にしねえでくれはないだろう。もし縞の合羽の四人組が『鞍馬死天王』だとしたら、奴らが丹波村雲党の放った刺客だとしても不思議ではない。そう考えれば、亀十郎を狙撃してお松を掠ったのも、愛一郎をおびき寄せる餌にするためだったと考えられぬか」

「そう読むのが、一番自然なんだろうな」

「いくら江戸が広いといっても、縞の合羽の四人組となれば、風魔が総力を挙げれば早晩居所はつかめるはずだ。ただ……」

幽齋はいいよどんだ。

「ただ、なんだ」

「虎庵殿、風魔の統領になって一年あまりのあなたに、人質に取られた仲間を切り捨てでも、敵を殲滅する非情さがありますかな」

幽齋の読みは鋭かった。

虎庵はなんとかして愛一郎とお松を救う方法を考えようとしていた。

「俺には、愛一郎とお松を切り捨てる非情さはねえと思うよ」

「そういうと思っていた。だが俺が思うに、そこに勝機があるような気がするんだ」

「どういう意味だ」

「いいか、もし俺が風魔の統領を狙うとしたら、人質を取るだなどという戦術はとらぬ。なぜなら人質を取ったところで、それを盾とさせないのが風魔の首領であり、そのために命を捨てる覚悟ができているのが風魔のはずだ。それを承知で、あえて人質を取ったということは、人質が盾にならなくなった後に、何らかの策を講じているということだろう」

「幽齋殿、どうも話がよくわからぬ。もう少しわかりやすく説明してくれぬか」

黙って話を聞いていた桔梗之介が、眉毛をハの字にしながらいった。

「よいか。敵が丹波村雲党の刺客だとしたら、明晩、十代目風魔小太郎が、指定の場所に現れるなど、ハナから想定していないということだ。それを証拠に奴らは丸一日以上、風魔に猶予を与えている。江戸の風魔ほどのものとなれば、その一日の間に万随院の周囲を固め、奴らが姿を見せたところで総攻撃をかけてくるのは当然だ。つまり奴らは、万随院に姿を現さぬということだ」

「なるほどな、危険なのは万随院ではなく、そこに行くまでの行程にあるということか」

「虎庵殿、非情になりきれぬなら、徹底的に仲間を信じるまでだ。できることなら俺も協力したいのだが、明日から江戸入りする遠州瓦の職人と、瓦葺き職人の監視があるので無理なのだ」

「いいんだ、そんなこと気にしねえでくれ」

幽斎は笑みを浮かべ、顔の前で手を振る虎庵に徳利を差し出した。


一方その頃、本所では二百人を超える風魔が、本所界隈を虱潰しであたっていた。

一膳飯屋、酒屋、そして銭湯でも縞の合羽の四人は目撃されているのだが、宿と名の付くあらゆる場所を探しても、その姿を捉えることはできないでいた。

「佐助、これだけ探しても見つからないのはどういうことだ」

両国橋の欄干にもたれかかった幸四郎は、川面を見つめる佐助に訊いた。

「宿じゃなければ廃屋敷や廃寺、無宿人寄せ場、身を隠せそうな場所はすべて洗うんだ」

「よしっ！」

佐助と幸四郎が気合を入れたとき、東詰を駆けてくる獅子丸の姿が見えた。

「幸四郎兄貴、本所松井町の長屋の子供が、小坊主と番頭風の男が御舟蔵裏の妙高寺という廃寺に入るのを見たそうです」

息を切らせた獅子丸はそれだけいうと両手を膝に起き、背中で息をした。

「小坊主って、愛一郎に間違いねえんだろうな」

「兄貴、本物の小坊主なら廃寺に用はねえでしょう。新八たちに見張らせてますから、すぐにいって下さい」

「わかった、妙高寺だな」

幸四郎と佐助はポンポンと獅子丸の背中を叩くと、御舟蔵裏に向かって走り出した。


根来寺を出た虎庵と桔梗之介が良仁堂に戻ると、奥座敷の長椅子に長老の左平次と亀十郎が座っていた。

「なんだ亀十郎、まだ寝てなきゃダメじゃねえか」

亀十郎は無理矢理笑って見せたが、顔色は相変わらず血の気が引いている。

「すみません、ご心配をかけちまって」

肩の痛みが酷いのか、亀十郎は顔を歪めながら頭を下げた。

「気にするな。それよりお前さんの銃創はきっちり治療してあるが、かなりの出血をしてるから無理は禁物なんだ」

「お頭、俺のことよりお松さんは……」

「いま、佐助たちが必死で探しているよ。だから、お前が撃たれたときのことをもう少し、詳しく教えちゃくれねえか」

「はい、あれはちょうど永代橋まで、三十間ほどに近付いたときのことでした。お松さんが季節外れだってのに、橋の方を指さして蛍がいるなんていいだしたんです。それで俺が目を凝らしたところ、確かに蛍火のような小さな灯りが見えたんです。そして次の瞬間、閃光が走って永代橋の欄干で火縄銃を構えた男が見えたんです。だがその直後、俺の肩に衝撃が走り、そのまま川に落ちてしまいました。そのとき、俺たちの十間ばかり後ろをつけてくる舟を見たんです」

「縞の合羽を着た野郎が……」

「三人です。お松さんはそいつらに掠われたんです」

「つまり、敵はお前さんを撃った野郎と四人組で間違いねえ、ということだな」

「はい」

亀十郎が申し訳なさそうに返事をすると、庭先に汗みずくの佐助が現れた。

「お頭、四人組と愛一郎たちの居所がわかりました」

「佐助、お松さんは……」

「亀十郎、心配するな。猿ぐつわを噛まされて、後ろ手に縛られてはいるが無事だ」

佐助は亀十郎に向かって大きく頷いた。

「佐助、場所はどこなんだ」

「はい、本所の御舟蔵の裏手にある廃寺で妙高寺といいます」

「愛一郎とお松は無事で間違いないな」

「はいっ」

「長老、お前さんの考えを聞かせてくれ」

「すぐにその廃寺を急襲しましょう。愛一郎とお松を救えるかどうかは運次第。まずは風魔の統領の首を狙う敵を殲滅するのが先決かと……」

長老の左平次は虎庵を見つめ、大きく頷いた。

「長老、俺がどうしても、ふたりを救いたいといったらどうする」

「風魔の統領が、そのような甘い判断をするわけがございませぬ」

「愛一郎は風魔だが、お松は俺が余計なことをしなければ、いまも品川で一番の太夫だったはずだ。風魔の戦に、風魔とは無関係の女を巻き込むことに義はあるのか」

「お頭に長老、ちょっと待ってくれませんか。俺に考えがあるのですが……」

縁側に座っていた佐助が虎庵ににじり寄った。

「考え？　いってみろ」

「はい、これです」

佐助は帯の結び目に挟んでいた二尺ほどの筒を見せた。

「なんだ、吹き矢の筒じゃねえか」

「はい、この矢の針先には痺れ薬が塗ってあり、こいつで愛一郎とお松を撃てば、一時的に仮死状態になります。そうなれば敵はふたりを人質として使えなくなります」

佐助は必死だった。

「佐助、出過ぎた真似をするな。我らにとってはお頭を守るのが先決で、気の毒だがふたりの無事は二の次の問題だ」

長老の左平次は冷たくいい放った。

一喝された佐助と亀十郎は言葉を失った。

「長老、まあそうムキにならなくてもいいだろう。佐助、ここはお前に任せようじゃねえか。今宵、九つ（午前零時）に妙高寺を襲い、『鞍馬死天王』を殲滅して愛一郎とお松を奪還する。指揮はお前が執れ」

虎庵の命令に、真一文字に唇を結んだ佐助は力強く頷いた。

五

深夜四つ半（午後十一時）、吉原「小田原屋」を出撃した風魔五十名は黒装束に身を包み、妙高寺を取り囲んだ。

月はどんよりとした雲に覆われ、あたりは漆黒の闇に包まれている。

ときおり、どこからともなく犬の遠吠えが聞こえてくるだけで、周囲の民家は完全に寝静まっていた。

朽ち果てた山門の脇に隠れた佐助が、無言で右手を挙げた。

それを見た幸四郎たち五名が音もなく散り、本堂の周囲にある巨木に登り、次々と屋根を伝って本堂の中に消えた。

佐助が再び右手を挙げると、今度は獅子丸たち五名が蜘蛛のように参道の石畳を這い、本堂の縁の下に潜り込んだ。

ほどなくすると縁の下に潜り込んだはずの獅子丸が、どこからともなく虎庵たちの背後に現れた。

「本堂の中には縞の合羽の男が三人、横になって寝息を立てています」

「三人？　四人ではないのか」

「はい」

「獅子丸、愛一郎とお松はどうだ」

「本尊の前で背中合わせに縛られ、二人とも寝入っているようです」

「佐助、ひとり足りないようだが、どうする」

「仕方ありません、このまま私が本堂脇から愛一郎とお松を吹き矢で眠らせます。私が梟の声で合図をしたら、本堂の三方を囲んだ三十名と天井裏に忍び込んだ幸四郎以下五名、縁の下に潜んだ獅子丸以下五名が一斉攻撃をかけます。お頭たちは山門で待ちかまえ、本堂から逃げ出た者を始末して下さい」

「わかった。佐助、獅子丸、ぬかるなよ」

「はっ！」

佐助と獅子丸は気合のような返事をすると、山門の石畳の上を再び蜘蛛のように這った。

瞬く間に本堂の東側にたどり着いた佐助は、開け放たれた襖の間から本堂の様子をうかがった。

獅子丸がいったとおり、本堂の中央に縞の合羽にくるまった三人の男が見えた。

本尊の前で背中合わせに縛られた愛一郎とお松は、ガックリと項垂れて微動だにしない。

佐助は吹き矢の筒に痺れ薬を塗った矢を込め、慎重に背中を向けている愛一郎の首筋に狙いを定めた。

一瞬、わずかに乾いた音が響き、猛烈な速度で飛び出した矢が愛一郎の首筋を捉えた。

一瞬、愛一郎はのけぞったが、猿ぐつわを噛まされた上にお松と背中合わせに縛られて身動きがとれない。

すぐさま佐助は二本目の矢を筒に込め、こちらを向いているお松の首筋に狙いを定め、一気に息を吹き込んだ。

お松も愛一郎同様にのけぞり、大きな目を見開いた。

そしてゆっくりと目を閉じ、体が右手に大きく傾いだ。

「よしっ！」

佐助が梟の鳴き真似をしようと両手を口元に運んだとき、鐘楼の影から銃声が鳴りひびき、先頭を切って山門を潜った虎庵がその場にバタリと倒れた。

「しまったっ！」

佐助が慌てて梟の鳴き真似をすると、本堂の四方八方から風魔が飛び出した。

銃声で飛び起きた縞の合羽の三人は、刀、鎖鎌、大槍を手にして本堂を飛び出した。

「幸四郎、奴らを逃がすなっ！　獅子丸、愛一郎とお松を頼むっ！」

黒覆面で顔を覆った佐助のくぐもった声に、獅子丸は本堂に飛び込んだ。

佐助が直刀を抜いて山門を見ると、十名ほどの風魔が三人の前に立ちはだかり、その背後で倒れているはずの虎庵には、長老の左平次たち五人が身を挺して覆い被さっていた。

「お頭っ！」

慌てて佐助が飛び出したとき、縞の合羽を着た男のうち、中央にいる槍を持った大男が懐から取り出した煙玉を地面に叩きつけた。

轟音とともに凄まじい白煙がモウモウと立ち上り、一瞬で縞の合羽の三人組を飲み込んだ。

三人を取り囲んだ風魔が白煙の中に飛び込もうとしたとき、長老の左平次が叫んだ。

「やめろ、同士討ちになるだけじゃっ！」

いままさに飛び込まんと前のめりになった風魔たちが、逆手に持った直刀を突き出しながら一歩二歩と後じさった。

白煙の中に突進した佐助は、縞の合羽の三人組に出くわすことなく、虎庵を守る五人組の前に飛び出した。

その姿を見た左平次が怒鳴った。

「この戯け者がっ！」

「長老、お頭はっ！」

佐助が長老と四人の風魔に覆い被された虎庵の前に飛び出したとき、くぐもった声が聞こえた。

「おいおい、俺は大丈夫だ」

虎庵の声だった。

覆い被さっていた風魔が、弾かれたように退いた。

そしてのっそりと立ち上がった虎庵が、埃まみれになった袴をはたいた。

「佐助、愛一郎とお松はどうした」

「はい、獅子丸が……」

佐助が答えたとき、愛一郎を担いだ獅子丸とお松を抱えた幸四郎が姿を現した。

「幸四郎、獅子丸、ふたりはどうやら無事のようだな」

「はいっ」

幸四郎と獅子丸が声をそろえた。

「よし、ならば皆の者、良く聞け。たったいま、十代目風魔小太郎は凶弾に倒れて死んだことにする。今後については長老からの指示を待て。それではご苦労、散開！」

虎庵が叫ぶと、左平次、佐助、幸四郎、獅子丸以外の風魔は、一瞬で漆黒の闇に消えた。

「お頭、死んだことって、どういうことですか」

「長老、見てみろ」

虎庵が左手で襟の袷を引くと、鎖帷子が顔を出した。

「こいつはな、津田幽齋殿から譲り受けた防弾用の鎖帷子で、この亀甲形をした鋼鉄製の鉄板が心の蔵を守るのだが、敵の弾丸は見事に鉄板の真ん中に命中している。これじゃあ、手応えも十分だったと思うぜ」

「し、しかし……」

「長老、しかしもクソもねえんだよ。ここで俺が奴らに仕留められたことにすれば、奴らは本当の狙いに向かって動き出すはずだ。細かいことは後で話すから、ここは急いでふたりを運ぼうじゃねえか。いくぞっ」

虎庵の合図で、佐助たち四人はひとつ目橋の河岸に向かった。

そして繋留した屋形船に愛一郎とお松を運び込むと、ひとつ目橋の下に舟を移動させて目立たぬようにすると、ふたりが目覚めるのを待った。

半刻ほどして、ふたりはほぼ同時に目覚めた。

ゆっくりとまぶたを開いたふたりの目には、未だ恐怖の影が宿っている。

「おう、ふたりとも気がついたようだな」

虎庵が愛一郎とお松の頬を軽く叩いた。

虎庵の顔を見たふたりは目から大粒の涙を流しているが、痺れ薬が抜けきっていないのか、唇をわなわなと震わせるだけで声が出ない。

「無理しなくていいんだぜ。ともかく、ふたりとも無事で何よりだ。それじゃあ屋敷に帰るとするか。佐助、ご苦労だった」

虎庵は覆面をしたまま隣で項垂れている佐助の肩を叩いた。


散り散りに逃走した「鞍馬死天王」の四人が、あらかじめ申し合わせていた万が一のときの集合場所、須崎の外れにある吉祥寺に揃ったのは明け六つ（午前六時）のことだった。

長男の辰吉が一番遅れて境内に到着すると、三人の弟たちは憮然とした表情で背中を向け合っていた。

「亀松、お前さんはなんで、風魔の襲撃を予測できたんだ」

「予測もなにも、辰兄いたちが風魔を見くびっていただけやろ。儂は辰兄いが奴らに一日半も猶予を与えたのは、何か考えがあってのことと思っていたんや。だが、いまの口ぶりを聞くと、どうやら買いかぶりだったようやな」

亀松は辰吉を馬鹿にしたように鼻を鳴らした。

「買いかぶりだと？　我らには江戸の土地勘がないからこそ、一日半は万随寺から万全の逃走経路を確保するために、こちらが必要な時間だったんや」

「ふーん、儂はてっきり、風魔の十代目に人質なんて通じないことを見越して、次なる秘策を考えておるのかと思ったんやがな」

「う、うるさいわい。それより亀松、おんどれは間違いなく十代目風魔小太郎を仕留めたんやろうな」

「辰兄いも、奴が山門のところで倒れるところを見たやろう。鐘楼から山門まで、たったの十五間やで、儂が狙いを外すわけないやろ。手応えもばっちり、間違いなく奴の心の臓のど真ん中をぶち抜いてやったわ」

本堂の階段に座った亀松は、空鉄砲で撃つ真似をした。

「ならば十代目風魔小太郎の死を確認したら、儂らも雑司ヶ谷に向かうで」

「辰兄い、儂らもそろそろ宿に泊まらんか。毎日、荒れ寺の板の間が寝床では、体が保たんで」

辰吉と亀松のやりとりを黙って聞いていた、次男の寅次郎がいった。

四人は江戸の旅籠には風魔の息がかかっていることを想定し、江戸入府以来、荒れ寺や廃屋となった武家屋敷に身を隠してきた。

にもかかわらず、風魔は廃寺に身を隠していた四人を捜し出し、辰吉ですら予想しなかった奇襲をかけてきたのだ。

その情報収集能力を考えれば、江戸にいる限りどこに泊まろうが、危険は一緒といえた。

「統領を殺されたとなれば、風魔は儂らを血祭りに上げようと血眼で探すはずや。そう考えれば荒れ寺に四人で固まっているより、四軒の旅籠に分散してひとりずつ泊まった方が安全かも知れんな」

「辰兄い、それなら品川はどうやろ。なかなか楽しそうな場所やで」

女にだらしない寅次郎が目を輝かせた。

「それじゃあ風魔の思うつぼや。ここは行商人にでも化けて、日本橋界隈の商人宿に泊まるんや」

「なんや、日本橋かいな」

「それぞれ宿を決めたら、暮れ六つに日本橋の高札場に集合し、二手に別れて吉原と良仁堂の様子をさぐるんや。ええな」

辰吉の話を聞いた三人は、無言で頷いた。

六

翌朝、風祭虎庵こと「十代目風魔小太郎死す」の報が江戸の闇社会を駆けめぐり、昼前には隠密を通じて将軍吉宗の耳にも届いていた。

だがそんな騒ぎを嘲笑うかのように、良仁堂の地下にある隠し部屋に身を隠した虎庵は、集まった風魔の幹部たちに次々と指示を与えた。

「佐助、本日より三日間、吉原は大門を閉じて営業を控えよ」

「三日間、喪に服すということですか」

「その通りだ。大門を潜らせるのは、津田幽齋殿と同行する根来寺の僧侶だけだ。それから良仁堂だが、愛一郎、お前が俺に代わって診療を続けろ。もし患者になりすまして俺の様子を探ってくる者がいたら、かまわねえから痺れ薬を投与して土蔵に監禁しろ」

「はい」

愛一郎は緊張した面持ちで頷いた。

「幸四郎と獅子丸は二手に分かれ、『芝浜屋』の番頭たちが極楽香を移動させた、本所の武家屋敷と、雑司ヶ谷の『夢幻堂』の動きを見張ってくれ」

幸四郎と獅子丸も大きく頷いた。

だが風魔の幹部の多くは、虎庵が死んだことにする理由がわからず、その表情には明らかな同様を見せていた。

そんな空気を察した長老の左平次が口を開いた。

「お頭、今後の動きはわかりましたが、それ以前になぜこのようなことをするのか、その理由を教えていただけませぬか」

「そうくると思ったぜ。では説明するが、皆も承知の通り、俺の首に千両の懸賞金をかけたのは、京の忍び『丹波村雲党』だ。奴らは聖徳太子の時代から、朝廷の警護を担ってきた忍びで、古くは平清盛、源頼朝、そして織田信長と、朝廷を脅かす武家勢力の長の暗殺をことごとく裏で操ってきたといわれている」

「そんな奴らが、なにゆえお頭の命を狙うのですか。風魔は朝廷などとは無関係ではありませぬか」

「長老、奴らが何を理由に俺を狙うのか、その理由はわからねえ。だが奴らは俺の首に懸賞金をかける一方、京の『鞍馬死天王』という手練れの四人組を刺客として江戸に放った。しかも、江戸のヤクザに共食いをさせる裏で、いつのまにやら『白菊楼』を手に入れ、阿片騒動を起こしやがった。お前たちはあずかり知らぬことだが、この阿片騒動のおかげで江戸城の幕閣どもが騒ぎだし、吉原の廃止まで口にする者が出てきたのだ」

「しかしお頭、阿片騒動は『白菊楼』の主と番頭を北町奉行所に差し出したことで、解決したのではないですか」

虎庵の本意に気付かぬ左平次は、しきりに首を傾げた。

「長老のいう通り、『白菊楼』の主と番頭を北町奉行所に差し出したことで、江戸城内の騒ぎも早々に収まった。だが妙だと思わぬか」

「妙？」

「俺の首を狙って江戸に集まった賞金稼ぎどもも、幸四郎がきつめの警告をしたら、蜘蛛の子を散らすように逃げ帰った。阿片騒動にしたって、風魔の支配下にある吉原であんな真似をすれば、すぐに風魔が動き出すことは目に見えているのではないか」

「そ、その通りです」

「なぜ『丹波村雲党』は、そんなわかりきったことを敢えて仕掛けてきたのだ」

「さ、さあ、私にはわかりかねます」

「そうだ。俺にもわからねえんだ。わからねえから俺は、津田幽齋殿から譲り受けた防弾鎖帷子に運命を託し、『鞍馬死天王』に撃たれてやることにしたんだよ」

「撃たれてやるって、もしあの狙撃手がお頭の心の臓ではなく、頭を狙ってきていたらどうするつもりだったのですか」

左平次は呆れたように横を向いた。

「俺は亀十郎が撃たれたとき、なぜ心臓や頭を狙わずに、肩を狙ったのかがわからなかった。だがその後、愛一郎が掠われたことを知ったとき、狙撃手が亀十郎を殺さないために、あえて肩を狙ったことを察したんだ」

「それはどういうことですか」

「奴らの狙いはお松ではなく、ハナから愛一郎だった。そしてお松は愛一郎を掠うための餌にすぎなかったんだ。案の定、愛一郎の話によれば、敵はお松が怪我をしているといって愛一郎を誘い出した。もし亀十郎が死体で上がっていたら、愛一郎ももう少し警戒し、軽々に誘いに乗ることはなかったはずだ。しかもだ、これは亀十郎から聞いた話だが、奴を撃った狙撃手は月明かりもない暗闇の中、三十間も離れた永代橋の上から、提灯の明かりだけを頼りに、揺れる舟で艪を漕ぐ亀十郎の肩を一発で撃ち抜いたのだ。俺はこの狙撃手の腕に賭けたんだ、奴は絶対に心臓を狙ってくるとな」

「それがわからぬといっておるのです」

「長老、お前もくどいな。いいか、あの狭い妙高寺のどこから撃たれたにしても、もし頭に銃弾が当たっていれば、俺の後頭部は吹っ飛び、頭蓋は粉々に砕けて顔の判別すらつかなくなる。それでは俺を殺したという証拠の首をあげられぬではないか」

「そういうことですか」

左平次はようやく納得したようで、大きく頷いた。

「しかしお頭、それでは奴らは、我らの妙高寺襲撃を察知していたということですか」

佐助が口を開いた。

「ああ、少なくとも俺を撃った狙撃手はな。奴は佐助が本堂に向かった後、音もなく鐘の中から現れ、俺を狙いやがった。本堂で寝ていた三人はともかく、あの狙撃手は火縄に火をつけたまま鐘の中に潜んでいたということは、待っていたということだ」

虎庵はぬるくなった茶を一息で飲んだ。

「お頭、それでも奴らはわざわざ投げ文をして、翌日の夜中、お頭にひとりで下日暮里に来るように指示してきたんですよ」

「佐助、お前が統領なら、敵の指示に従ってノコノコひとりで出かけるか」

「いえ、出かけません」

「そうだ、忍びの統領とは非情でなければならないからな。だがお前だって、愛一郎とお松を救い出すために、江戸中虱潰しでふたりの居所を探すんじゃねえか？　そして今回と同様に、奇襲をかけるんじゃねえのか？」

「そ、その通りです」

虎庵に心中を見透かされた佐助は恐縮した。

「つまり、人質なんて通用するわけがない俺に、敢えて人質を取ったということは、俺たちに奇襲させるための謀略と思った。ただそれだけのことだ」

虎庵の説明を聞いて納得したのか、幹部たちがざわついた。

「お頭、もう十分です」

左平次がいった。

「いや、まだだ。いいか、皆の者。ここまでは理解してもらえたと思うが、結局、『丹波村雲党』の狙いは皆目見当がついていない。だからこそ俺は、敢えて奴らの罠にかかった振りをして狙撃されたのだ。奴らは俺の死を確認するために、必ず吉原と良仁堂に姿を現す。そして十代目風魔小太郎の死を確認したところで、本来の目的に向かって動き出すはずだ。そしてそのときこそ、本当の勝負のときだ」

「オーッ！」

幹部たちの声が怒号となって地下室に鳴りひびいた。

「もしこの事実が、敵の知るところとなれば全ては水の泡。親兄弟にも決して秘密を明かしてはならぬ。よいな」

再び怒号が鳴りひびき、幹部たちは次々と地下の隠し部屋を飛び出した。


夕刻、吉原は一切の灯りを消し、大門は固く閉じられたままだった。

大門の前に集まった黒山の人だかりは、必死に中を覗こうとするが、いつもならこの時刻には煌々と明かりが灯る不夜城吉原は、まるで死んだように息を潜めていた。

「辰兄い、これはどういうことや」

「寅次郎、さしずめ、喪に服しているということや」

人混みにまぎれた辰吉がいったとき、背後で呼子がけたたましく鳴った。

十手を持った奉行所の同心が、十人ばかりの僧侶を取り囲んでいた。

「どけどけどけいっ！　吉原は今日より三日間、休業との届けがあった。いくら待っていても大門は開かぬ、とっとと家に帰りやがれっ！」

先頭に立った木村左内が、十手を振り回しながら強引に群衆をかき分けた。

「辰兄い、間違いなさそうやな」

「ああ、そうとなれば二、三日ゆっくりとして、これまでの疲れを癒そうやないか。雑司ヶ谷にいくのはその後や」

辰吉の周りにいた寅次郎、雀右衛門、亀松の三人も、無言で人混みに消えた。

その頃、良仁堂の地下にある隠し部屋には、大岡越前と津田幽斎、桔梗之介が虎庵とともに巨大な卓に付いていていた。

お松は用意した茶を配り終えると、さらに奥にある控えの間に消えた。

控えの間では亀十郎が養生していて、お松にはその看護を命じてあった。

お松には十分事情を説明し、お松も納得しているとはいえ、どんなことが起きてお松の口から秘密が漏れないとは限らない。

隠し部屋から地上に出る通路は二本あるが、両方とも佐助が手配した風魔が警備しているため、隠し部屋というより地下牢同然だった。

「江戸市中に放った御庭番から、虎庵先生が殺されたと聞かされたときは肝を冷やしたぞ」

大岡は熱い茶を一口すすった。

「幽齋殿からきついお叱りを受けまして、ここはひとつ『丹波村雲党』の望み通り、『鞍馬死天王』に殺されてやることにしたんですよ」

虎庵はそういうと、潰れた鉛の弾を幽齋の前に滑らせた。

「こ、これは？」

「俺の心臓を狙った弾丸ですよ。潰れてはいますが、表面にいくつもある孔が気になって、とっておいたんですよ」

「まさか『丹波村雲党』が、このような物を持っていようとは……」

潰れた弾丸を摘んだ津田幽齋は唸った。

「幽齋、どういう意味だ」

「大岡様、我ら根来衆は長年の研究の末、弾丸の表面に何本もの溝を刻むことで直進性と飛距離を延ばしたのです。おかげで従来は二十間ほどだった有効射程が、一気に四十間にまで延びたのですが、この『丹波村雲党』の弾丸表面にほどこされた小さな孔は、溝と同じような効果があると思えるのです」

「幽齋殿、奴らに狙撃された亀十郎によれば、狙撃手は三十間も離れた場所から発砲し、弾丸は肩を撃ち抜きました。恐るべき威力です」

「まずいな」

幽斎は舌打ちをした。

「どういう意味です」

「このような弾丸加工の技術が他藩に知られれば、鉄砲の性能が一気に向上して、これまでの城の堀など意味がなくなります。つまり、我らが姿を見られぬ距離から狙撃できるように、上様も見えない敵から狙撃される危険が生じるということです」

幽斎の説明に、大岡越前と虎庵は顔を見合わせた。

ふたりとも目の前にあるたった一発の弾丸が、世の中を変える可能性を持っているなど夢にも思わなかったのだ。

「それにしても『丹波村雲党』は、この江戸でいったい何をしようというのだ」

大岡越前は大きな溜息をついて天井を仰いだ。

「それを知るために、俺は殺されたんですよ。奴らは早晩動き出すはずです」

「だといいのだがな」

大岡越前は相槌を打ちながら、髭の剃り残しを探し始めた。

「大岡様、つかぬ事を伺いますが、例の阿片事件はどうなりました」

「それは『白菊楼』の主と番頭が獄門になって……」

「一件落着ですか」

「そういうことだ」

「『白菊楼』の主は、極楽香は『芝浜屋』から渡されたといったんでしょう」

「ああ、だからすぐに、北町奉行所が『芝浜屋』に踏み込んだが、何も出なかったそうだ」

「それで、『白菊楼』の主と番頭を獄門にして一件落着とは、開いた口がふさがりませんぜ」

「どういう意味だ」

「どうもこうも、北町奉行所が踏み込む前に『芝浜屋』の番頭ふたりが、赤い薬袋を抱えて本所の武家屋敷と、雑司ヶ谷の江戸川橋近くにある骨董商『夢幻堂』に飛び込んだことをご存じないんでしょ？」

「本所の武家屋敷と雑司ヶ谷の『夢幻堂』だと？　誠か」

「誠もなにも、そんなことで風魔は嘘をつきませんよ」

「本所の武家屋敷というのは……」

「尾張藩茶頭、小笠原宋易」

「お、小笠原宋易だと？　絶対に間違いないんだろうな」

「はい」

「こ、こうしてはおれぬ。儂は急ぎ登城するので失礼する」

大岡越前はあたふたと隠し部屋を飛びだした。

七

大岡越前が去り、最初に口を開いたのは津田幽齋だった。

「気に入らぬな」

幽齋は吐き捨てるようにいった。

「急にどうしたい」

大岡越前の前ではほとんど口を開くことのない幽齋が、感情むき出しで吐いたひと言が虎庵はひっかかった。

「江戸で阿片騒ぎが起きたというのに、奉行所は末端の『白菊楼』を処断しただけで事件に蓋をしたのはどういうわけだ。越前殿にしても、虎庵殿が教えた本所の武家屋敷と雑司ヶ谷の『夢幻堂』の件は、まるでいま知ったというような口ぶりだった」

「奉行所が臭いものに蓋をするのは、いまに始まったことではないのだから驚きもない。だが幽齋殿、越前殿の件は気になるな」

「雑司ヶ谷の『夢幻堂』は、京都四条の骨董商『夢幻庵』の出店《でみせ》で、京の公家から流出したという骨董を江戸の大名や旗本に売っている。江戸にきてかれこれ三十年になるが、抜け荷の噂が絶えない骨董屋だ」

「尾張藩茶頭の小笠原宋易という男は……」

「この男こそが、実質的な『夢幻庵』の経営者といわれている。京で仕入れた二束三文の土器《かわらけ》を、公家の蔵から流出した秘宝と称し、尾張藩茶頭の立場を利用して高値で売りつける。未だ京の豪商が豪商でいられる由縁だ」

「ふーん、また京か」

「越前殿も、八代将軍継嗣の裏で暗躍した、京の勢力について知らぬはずがない。にもかかわらず、虎庵殿に懸けられた懸賞金といい、今回の阿片騒ぎといい、背後に京の闇の勢力の露骨な仕掛けをなにゆえ、見て見ぬ振りをするのだ」

　幽齋が握りしめた右手の骨が、ポキポキと不気味な音をたてた。

　幽齋は将軍直属の隠密集団「根来衆」の頭目として、これまでも京の闇勢力の不穏な動きは逐一、将軍に報告してきたが、吉宗は反応を示すことなく、幽齋に命が下ることもないことに苛立っていた。

「幽齋殿、京の『丹波村雲党』の背後に朝廷、雑司ヶ谷の『夢幻堂』と小笠原宋易の背後に尾張藩がいるという証拠がつかめたら、根来衆は帝と尾張藩主徳川継友を始末することができるかね」

虎庵は意地悪な質問をぶつけた。

「帝と御三家筆頭をか……」

「ああ。だがな、いくら悩んだところでできやしねえよ。それは、お前さんが八代将軍徳川吉宗の家来だからだ。あり得ぬ話だが、仮に将軍に義がなく、旧幕臣や尾張徳川家に義があったとしてもお前さんは主君を守る。それが家来だからな……」

「そんなもんかな」

「そんなもんだ」

虎庵は幽齋に爽やかな笑みを浮かべ、ゆっくりと頷いた。

「虎庵殿、では訊くが、上様に帝と御三家筆頭を始末できると思うか」

「将軍と帝は、国の権力の両輪。上様はこれまで以上に権力の主導権を得られる、公武合体を望んでいるはずだ。ゆえに帝を始末する理由がない」

「御三家筆頭はどうだ」

「幽齋殿に訊くが、吉宗様の世が続けば九代将軍は誰が継ぐ」

「吉宗様の兄弟は皆亡くなられているから、御嫡男の長福様か次男の小次郎様だ」

「その九代将軍に不幸があった際、十代将軍は誰が継ぐ」

「将軍の嫡男か、将軍の兄弟……」

「そういうことだ。つまり、紀州徳川家が徳川家の大統を継承した瞬間、御三家なんてものは有名無実になってしまったんだ。これからは吉宗様の子供たちが御三家となっていくと思えば、御三家も単なる傍系に過ぎなくなる。つまり、上様にとって御三家の尾張徳川家と水戸徳川家など、いまさら始末するまでもないということだ。だが問題は……」

「なんだ」

「尾張徳川家と水戸徳川家の重臣ども、ことに御三家の重臣から傍系の重臣に過ぎなくなった現実を受け入れられない馬鹿だ」

「それは同感だ」

「そしてさらに問題なのが、官位と家格によって絶対に下克上が許されぬ公家だ。どんなに才能があろうが、いかなる努力をしようが、公家は出世が許されぬ。何をしようが犬は犬、猿は猿のままなのだとしたら、幽斎殿ならどうするね」

「金……か」

「そこにいる桔梗之介なら、女と答えるかもな」

「こ、虎庵様……」

　黙って話を聞いていた桔梗之介が、不満げに頬を膨らませた。

「当たり前に考えれば、帝と尾張継友が手を組む理由などどこにもない。だが欲にかられた江戸城や朝廷の魑魅魍魎どもの手にかかれば、犬が猫を産むような不可能が可能になっちまう。幽齋殿がどう思っているかは知らねえが、俺は今回の一件、とどのつまりは、そんなことだと思っているんだ」

虎庵はあまりに馬鹿馬鹿しい現実に、小さな溜息をついた。

一方、隠し部屋の真上にある居間には、通い徳利の酒をぶら下げた左内が佐助と愛一郎を相手にくだを巻いていた。

「おう、佐助。さっさと虎庵先生に会わせやがれっ！」

左内は小ぶりな十手をちらつかせて怒鳴った。

「ですから、先生は昨夜、本所の荒れ寺で……」

佐助は、酒臭い息をモウモウと吐き出しながら、絡んでくる左内に辟易していた。

「そんなことはわかっているよ。俺様を誰だと思ってやがる」

「はい、北町奉行所与力の木村左内様です」

「手めえ、俺をおちょくってるのか？　手めえは先生が亡くなったってのに、なんで涙ひとつ流しやがらねえんだ。ははん、やっぱり先生が亡くなったというのは嘘なんだろ、嘘じゃねえってんなら、さっさと先生を出しやがれっ！」

「ですから先生は……」

「手めえ、どうしても先生が死んだといい張るんだな。よし、だったら先生の死体を見せやがれ。さっさとここに持ってこいってんだ」

左内はぶら下げていた徳利の酒をグビグビと飲んだ。

左内の口元から溢れた酒が胸元を濡らし、目から流れ出る滂沱の涙が襟元に大きな染みを作った。

「ですから仏は吉原の『小田原屋』にございまして、今日、明日、明後日の三日間密葬にふされたあと、風魔の里に運ばれることになってます」

「うるせえっ！　佐助、手めえはどうして『嘘だ』といってくれねえんだよ」

左内は徳利を投げ捨て、佐助の襟に掴みかかった。

そして何度も「嘘だといってくれ」と叫びながら、その場で泣き崩れた。

風魔の統領と北町奉行所の与力――。

ふたりが知り合った時期と、佐助がふたりと知り合った時期は変わらない。

にもかかわらず虎庵の死を知るや、奉行所の与力ともあろう者が、どうして恥も外聞もなく泣き叫び、ここまで悲しみを露わにできるのか。

佐助はその気持ちが理解できなかった。

――俺が死んだところで、涙を流してくれる奴なんかひとりもいやしねえ……。

だがその一方で、足下で見せる左内の醜態を見れば見るほど、わずかな期間で左内の心を鷲掴みした、虎庵の人間性が誇らしく思えた。

「左内の旦那、ありがとうございます」

「ありがとうだと？　うるせいやい。お前さんに礼をいわれる憶えはねえっ」

左内が立ち上がり、縁側に向かおうとしたとき、庭先の闇の中から声がした。

「ごめんなすって……」

聞き覚えのある声に、庭先を見た左内は目を凝らした。

「なんだ、金吾じゃねえか」

「金吾親分？」

金吾は内藤新宿にある角筈一家の跡目を継いだ親分で、生き残りを懸けて壮絶な戦いを繰り広げ、江戸のヤクザの支配者となった男だった。

意外な来客に、佐助は慌てて縁側に出た。

「金吾、お前も虎庵先生のことを聞いたのか」

「へい、左内の旦那も？」

「ああそうだ。だがよ、こいつらは冷てえ奴らでな、線香の一本もあげさせてくれねえんだ。あーあ、俺は帰るぜ」

左内はよろけながら縁側を降りると、ふらつきながら闇に消えた。

「金吾親分、わざわざありがとうございます。左内の旦那はああいわれましたが、これも風魔のしきたりでございまして、他意はねえんです。まあ、ともかく上がってくだせえ」

佐助はそういって金吾に部屋に上がるよう促した。

「ほう、珍しい部屋ですね」

金吾は物珍しそうに室内を見回し、長椅子に腰掛けた。

「この部屋は、先生が上海にいた頃に暮らしていた部屋を再現したもので、調度品は当時先生が使われていたものをそのまま使ってるんです」

佐助は愛一郎に、酒の準備をするよう目で合図した。

「今朝方のことなんですが、先生が知りたがっていた『芝浜屋』と『白菊楼』の買主が、ついに判明したんです。でも、いささか遅きに失したようですね」

金吾はそういって、縁側のいつも虎庵が座っていたあたりに視線を投げた。

「そうですか。で、買主ってのは何者だったんですか」

「表向きは日本橋の尾張藩御用達呉服問屋『京極屋』清左右衛門」

「ええ？『京極屋』って、『小田原屋』にも出入りしている高級呉服問屋の……」

「そうです。『越後屋』が現金売りの掛け値なしなら、『京極屋』は注文が中心の掛け売りで、貧乏人は眼中にねえという殿様商売の権化です。もっとも『京極屋』が、京のお公家から仕入れた古着を新品と偽り、馬鹿高い値段で売りつけるインチキ野郎だってことを知らねえのは、お武家だけだそうですがね」

「しかし、呉服問屋が引き手茶屋やら切り見世商売とは、思い切ったことを……」

「佐助さん、ですから表向きといったでしょう。本当の主は祇園の『万亭』です」

「『万亭』っていったら……」

「別名『一力』。いま、京で一、二を争う名店です。これで極楽香の事件が、うやむやになっちまった理由がわかったでしょう。尾張徳川家と京の闇の勢力が、幕府に圧力をかけたということですよ」

金吾が右の口角を上げ、忌々しげな笑みを浮かべた。

殺気を放っているわけでもないのに、その笑みに底知れぬ非情さを見た佐助の背筋に、冷たい物が流れた。

「しかし親分は、どうしてそのことを……」

「佐助さん、あっしらはヤクザですぜ。蛇の道は蛇、野暮なことはいいっこなしですよ」

そこに酒の用意をした愛一郎が、大きな盆を抱えてきた。

「佐助さん、おかまいなく。あっしはそろそろおいとませていただきやすんで」

金吾が恐縮していった。

「いえ、ちょいと気付いたことがありやして、いま、確認してまいりやすので、親分にはそいつでも飲みながら、ちょいと待っていて欲しいんです」

「気付いたこと？」

「ええ。それじゃ、ちょいと失礼いたしやす」

佐助は丁重に頭を下げると、奥へと通じる木戸を引いた。

佐助の背中を見送る金吾に愛一郎が杯を差し出した。

「お気遣い、ありがとうございやす」

金吾が受け取った杯に、愛一郎が酒を注いだ。

そんなやりとりが三度ほど続いたとき、どこかにいっていた佐助が戻ってきた。

「お待たせいたしやした」

佐助はそういうと縁側に面した障子をゆっくりと閉めた。

寒いわけでもないのに障子を閉めた佐助の動きに、金吾は手にしていた杯を卓の上に置いた。

「親分、十代目風魔小太郎が、親分を男と見込んで頼みがあると申してます」

佐助はそういうと床の間に上がり、掛け軸がかかった壁の右端を押した。

壁は音もなく回転し、仄暗い地下へと続く階段が姿を現わした。

「こ、これは……」

「ご同道願えますか」

佐助はもう一度、金吾に頭を下げ、地下へと続く階段を下り始めた。

「十代目風魔小太郎がか……」

佐助の意図を察した金吾はすぐさま立ち上がり、その背中を追った。

終章　品川宿の決戦

一

三日の喪が明けた四日目の昼七つ（午後四時）、吉原の大門は虎庵の指示通り、何ごともなかったかのように門が外された。

ゆっくりと扉が開くと、門前で待ちかねていた遊び客が怒濤のように流れ込んだ。

「幸四郎、客の出はどうじゃ」

総籬『小田原屋』の離れにいた長老の左平次は、熱い茶をすすりながら訊いた。

「凄いもんだぜ。江戸の助平どもが、一堂に会したような盛況振りだ」

幸四郎はそういうと額に浮いた汗を拭きながら、縁側に座る左平次の左隣に腰を下ろした。

「そうか、それはよかった」

「長老、そんなことより、京の『丹波村雲党』の奴らはどうしたってんだろうな。この四日、江戸の町は平穏そのもので、何も変わりゃしねえ」

「幸四郎、お前の悪い癖だ。まるで変化が見あたらなかったとき、なぜお前は自分が何かを見落としてないかと疑わぬのだ。お前はその癖を直さぬ限り、佐助の上をいくどころか、並ぶこともできぬぞ」

「またそれをいうか。俺は佐助に対して、長老が考えているような競争心など持っていないのによ」

「幸四郎。そうしてお前は自分に嘘をつき、納得しているのかも知れぬが、儂にはどうでもいいことじゃ。お前が佐助並に成長してくれれば、お頭がもっと楽になる。儂はそれを願っているだけじゃ」

「長老は、俺がお頭の役に立っていないというのか」

幸四郎が中庭に唾を吐いたとき、顔面蒼白になった獅子丸が飛び込んできた。

「長老、大変です。上方言葉を使う六法者が五十名ほど、そこら中で暴れ出しやがりました」

六法者とは御《ご》（五）法破りの無《む》（六）法者の駄洒落で、ようするにヤクザだった。

「風魔の若衆は何をしてるのじゃ」

「店先にいた連中に、いきなり殴りかかってきたもんですから……」

獅子丸の話を聞き終える前に幸四郎は店先に飛び出したが、そこら中で大怪我をした若衆がのたうち回り、六法者はまさに大門を抜けようとしていた。

「けっ、何が吉原や、日本一の遊郭が聞いて呆れるわい」

たぬき面をした小男が、幸四郎に向かっておしりペンペンをした。

「あの野郎っ！」

悪鬼の形相でたぬき面を追おうとした幸四郎の前に、両手を広げた佐助が立ちはだかった。

「幸四郎、無駄なことはよせ。あいつらは良仁堂を襲った大坂の岸和田一家、あのたぬき面は若衆頭の源五郎だ」

「源五郎だとう？」

「それだけわかっているのだから、ここはまず怪我人の治療が先だ」

「佐助……」

「俺は医者を呼んでくる。後は頼んだぜ」

佐助は大門に向かって走り出した。

その日の深夜、良仁堂の隠し部屋には、虎庵に呼び出された八名の男たちが集合していた。

二十畳ほど板の間は、周囲の板壁にいくつも吊されたランプが煌々と灯り、昼間とはいわないが行灯や蝋燭では絶対に作り得ない、誰もが経験したことのない明るさに満ちていた。

中央に置かれた黒檀の大卓には、虎庵を取り囲むように男たちが座っている。

吉原では昨日までの三日間、密葬とはいえ本格的な統領の葬儀をあげていた。

それが偽装とわかってはいても、目の前でぴんぴんとしている統領の姿を見ると、佐助は虎庵が地獄から舞い戻ってきたような錯覚に陥っていた。

「お頭、亀十郎はもう起きても、大丈夫なんですか」

部屋の隅に正座している亀十郎に気付いた佐助が、お松が用意した茶を配り始めたのを機に問いかけた。

「お松の手厚い看病もあってな、順調に回復しているよ。佐助、全員揃ったのか？」

「いえ、長老が厠で用をたしてまして……」

佐助がそこまでいうと、長老が手拭いで手を拭きながら飛び込んできた。

「遅れて申し訳ありませぬ」

左平次は珍しく恐縮した表情で席についた。

それとすれ違うようにして、茶を配り終えたお松が部屋を出ると、愛一郎が回転扉を閉じた。

「愛一郎、良仁堂の方はどうだ」

「はい、虎庵先生は箱根に湯治にいっているということにしておりますが、患者の町民たちは皆、それを信じているようです」

「そうか、では今後についての評定を始める前に、皆に紹介しておこう。内藤新宿の角筈一家をあずかる金吾親分だ。皆も知っての通り、五十もの一家が乱立していた江戸のヤクザ社会は、角筈一家によって統一された。つまり、この金吾親分は江戸の闇社会の将軍様というわけだ」

「先生、洒落がきついですぜ。皆さん、角筈一家の金吾です。お見知りおきを」

　虎庵の紹介を受けた金吾は、簡単に自己紹介をした。

「では評定に入るが、佐助、何か変わったことはなかったか」

「はい。この四日間、江戸は平穏そのものだったんですが、今日の夕刻、吉原を訪れていた上方の六法者が、五十名ほどで大暴れしやがりました」

「上方の六法者？」

「たぬ吉が指揮していましたので、大坂の岸和田一家の奴らかと思います」

「たぬ吉？　奴らは大坂に帰ったんじゃねえのか」

「小田原を通過したことは確認していますが、その先は……」

「駿府あたりで、美味え魚でも食っていたかも知れねえな。で、吉原の状況はどうなんだ」

「建物に異常はありませんが、店先に立っていた若衆が三十名ほど、半殺しの目にあいました。未だに意識が戻らねえ者もふたりいます」

「何があっても抵抗するなと命じたのは俺だが、それは可哀想なことをしたな。で、奴らはどこに」

虎庵は一口だけ茶をすすった。

「先生、それはあっしが説明しましょう。先日、先生にはお話ししたように、品川の『芝浜屋』と吉原の『白菊楼』には、表向き店を買った日本橋の尾張藩御用達の呉服問屋『京極屋』の連中ではなく、京の祇園の『万亭』から派遣された五十名ほどの男衆が店を動かしているんですが、昨晩、その『芝浜屋』に岸和田一家の周五郎と二十名ほどの子分が入りました。しかも『芝浜屋』の周囲にある六件の旅籠には、十名ずつ周五郎の子分と思しき野郎どもが逗留しています」

「合計八十名か」

「へえ、岸和田一家は百名ほどの、大坂では中堅のヤクザです。その内八十名が江戸入りしたということは、奴らは本気ですぜ」

「幽斎殿、岸和田一家と京の繋がりは……」

「それがしが調べた限りでは、岸和田一家の周五郎は小豆島出身。京との繋がりは何もない。つまり、金で雇われたということだろう」

「江戸には金吾親分たちヤクザの一家がいるのに、一家の大半で江戸入りとは危険すぎねえか」

「虎庵殿、金吾はいうなれば押し出されて一家を継いだ親分で、西国のヤクザには名を知る者さえいないはずだ」

「角筈一家と江戸のヤクザを舐めているということか」

虎庵はそういって金吾の様子を確認した。

やや俯いたままの金吾は表情ひとつ変えず、ふたりの話に聞き入っていた。

「いや、『丹波村雲党』にしてみても、風魔の十代目を殺ったとはいえ、風魔を全滅させたわけではない。そう簡単に吉原を乗っ取れると思ってはいないだろう」

「奴らの目的は、吉原ではないということなのか……」

虎庵は腕組みをし直し、思わず天井を仰いだ。

「虎庵先生、津田様」

ずっと黙って聞いていた金吾が、目の前の茶碗を見つめたままいった。

「親分、どうしたい」

「虎庵先生、奴らの狙いは吉原で間違いありやせん。岸和田一家が大挙押しかけてきたのは、吉原内でそいつらが次々と事件を起こすためです。吉原が風魔の預かりであることは周知の事実。なぜそうなったのか知る者はいませんが、風魔と幕府の間に余程の信頼関係があればこそなのでしょう。ならばその信頼関係を崩さない限り、吉原から風魔を追い出すことはできねえはずです」

「なるほどな。統領がいない隙を狙い、一気に叩き潰すのではなく、吉原内でつまらぬ事件を次々と起こして風魔の統制を乱すと同時に、幕府に風魔への不安を抱かせるということか」

「虎庵先生、そう考えれば、うやむやになった阿片事件を再びおこし、その責任を風魔に擦り付けるでしょう。そして幕府が風魔に嫌気が差したところで火事を起こし、吉原そのものを焼き払う。風魔が仮宅での営業を申請しても、不祥事続きの後に火災を出したとすれば、風魔から吉原を取り上げる絶好の口実になるでしょう。それだけのことをするのに、五人や十人の手勢ではどうにもなりません。おそらく岸和田一家は先発隊で、今後、『丹波村雲党』の本隊が続々と入府してくるはずです」

「金吾親分、お前さん、顔に似合わず恐ろしいことを考えるね」

虎庵は興奮を抑えるかのように、深い深呼吸をした。

金吾の話を聞いた長老も、佐助も、幸四郎も、獅子丸も、顔から血の気を引かせて握った拳を震わせている。

「虎庵先生。『丹波村雲党』に吉原を狙われた風魔も大変でしょうが、それで江戸に京や大坂のヤクザがのさばるようになれば、江戸のヤクザの沽券に関わるんですよ。その先方ともいえる岸和田一家が雇われていようがなかろうが、その狙いが吉原だろうが品川だろうが、俺たちは黙って指を咥えているわけにはいかねえんです」

金吾は満を持したように全身から殺気を漲らせ、不敵な笑みを浮かべて虎庵を見つめた。

「親分はどうするつもりだ」

「ヤクザは馬鹿ですからね、勝ったところでなにも得ず、負ければ全てを失うクソみてえな戦いとわかっていても、意地で命をはっちまうんです。だけど先生、俺の子分たちにだって、親もいれば子もいるんです。あたら若え命を無駄に散らせたくねえじゃねえですか」

金吾もまた一家を率いる者として迷っていた。

「幸四郎、尾張藩茶頭、小笠原宋易の屋敷と雑司ヶ谷の『夢幻堂』の様子はどうだ」

虎庵は吉原「白菊楼」に端を発した極楽香による阿片事件の際、品川の「芝浜屋」に隠されていた大量の阿片極楽香が運び込まれた、尾張藩茶頭、小笠原宋易の屋敷と雑司ヶ谷の骨董商「夢幻堂」のことが気になっていた。

「お頭、昨夜『夢幻堂』には、例の縞の合羽の四人組が転がり込んできましたが、小笠原宋易の屋敷は、うんでもなければすんでもねえんです」

幸四郎は小首を傾げながら説明した。

「幽齋殿、この件について、大岡越前の動きはどうなんだい」

「先般、越前殿が、小笠原宋易と『夢幻堂』の名を聞いて、取り乱した原因がわかった」

「ほう、それはよかった。で、どうしたんだい越前様は」

「御側御用取次の有馬様から、事件に蓋をするように厳命が下ったのだ」

「ということは、上様は阿片の一件に尾張藩が関わっていることを知っているということか」

「左様だ。本来なら徹底的に事件を究明し、尾張藩に重大な貸しを作るべきと思うが、それをできない理由があるのだろう」

「そういうことか。つまりその件は上様と幽齋殿の仕事ということで、我ら風魔はあずかり知らぬ類の話といえそうだな」

「それがしもそう思う」

虎庵の冗談めいた口調に幽齋は苦笑した。

「よしっ、決めたぞ。此度の一件には深い闇があることは間違いないが、まずは降りかかる火の粉を振り払うことが先決だ。しかるに我らの標的は、品川の『芝浜屋』と吉原の『白菊楼』に巣くう、祇園の『万亭』から派遣された男衆。そして岸和田一家の周五郎以下八十名だ」

「皆殺しで、よろしいですね」

　長老が呟くようにいった。

「ああ、京より『丹波村雲党』の本体が江戸入りする前に、全員を殲滅して京の『安暁寺』に、塩漬けにした首を送りつけ、『芝浜屋』と『白菊楼』は焼き払って後顧の憂いを絶つのだ。佐助、幸四郎、まずは明晩、『白菊楼』を血祭りに上げろ」

　虎庵は固く握りしめた両の拳を卓上に叩きつけた。

「佐助、幸四郎、例によって、ひとりたりとも犠牲者を出すことは許さぬ。よいな」

「はいっ！」

　声をそろえた佐助と幸四郎は、血の気の引いた唇を小刻みに震わせていた。

二

　翌朝、吉原の「小田原屋」で、幹部たちと「白菊楼」襲撃の評定を終えた佐助は、漆黒の本繻子の細長い袋を携え、良仁堂の奥の間に戻った。

　すると地下の隠し部屋にいるはずの虎庵が、縁側で胡座をかき、真新しい銀の長煙管をくゆらせていた。

「お頭、よろしいんですか」

「おお、佐助。軍議は終わったのか」

「はい」

「佐助、風魔の戦に汚えも卑怯もねえ。痺れ薬、眠り薬、毒薬、仲間を守るためなら、使える物は全て使え」

「はい。とりあえず今宵、『白菊楼』の主と番頭頭のほか番頭三名、会葬のお礼ということで『小田原屋』に招待しました。そこで痺れ薬入りの酒を飲ませ、主と番頭頭以外は始末します」

「見世の方はどうする」

「風魔の商人衆が二十名ほど客として潜入し、屋根裏に潜入した幸四郎、獅子丸の隊とともに、見世にいる男どもを皆殺しにします」

「佐助、奴らに情けは無用だ。頼んだぜ」

「はい。お頭、これをどうぞ」

佐助は漆黒の本繻子製の細長い袋を差し出した。

「なんだ、そりゃ」

「風魔の刀鍛冶に打たせた龍虎斬です。エゲレスとの戦いで壊れちまった龍虎斬の修理を頼んでいたんですが、今朝、これを渡されたんです」

龍虎斬とは虎庵が清国で作らせた変わり刀で、刀身は根元の身巾が二寸で、先端に向かって狭まっていく両刃の直刀だった。

刀身の中央で金色の龍と銀色の虎が絡み合い、腹を合わせた金属製の竜虎の下半身が柄になっていて、のけぞるようにした竜虎の上半身が鍔になっていた。

「ほう、それは楽しみだな」

虎庵は袋の紐を解き、中から太い黒鮫革の鞘に納められた大刀を引き出した。

「お？」

「どうしました？」

「いや、やけに軽いな」

「刀身を前後にずらすことで、絡み合った龍虎がほどけて二本の長刀に別れる仕組みは一緒ですが、鎬《しのぎ》の代わりに刀身の峰近くに丸い穴をいくつも開けて軽量化してあります」

「柄の意匠も変わっているようだな」

「はい。前の龍虎斬では鍔が半分で危険でしたので、どちらの刀にも丸い鍔をつけられるように工夫してあります」

「なるほどな、鍔に切れ込みが入っていて、その隙間を刀身が抜けるのか。大した知恵だな。どれ、早速試してみるか」

そういって虎庵が龍虎斬の鞘を払ったとき、隠し部屋に通じる床の間の回転扉が開き、亀十郎とお松が姿を見せた。

「亀十郎、だいぶ顔色も良くなったようだな」

ふたりの気配に気付いて振り返った佐助がいった。

「おかげさまでな、このとおりだ」

亀十郎は右肩を銃撃されたにもかかわらず、右腕をグルグルと回転させた。

痛みを堪えて無理をする亀十郎は、細い目を硬く瞑り、眉間には深い縦皺を刻ませている
「おいおい、馬鹿な真似はやめておけ」

虎庵はそういって、縁側から庭先に向かった飛んだ。

二間（三・六メートル）ほども飛び上がると、かがめた体を二回転させ、音もなく着地した虎庵は、大刀を力任せに振り回した。

「フン、フン、フンッ！」

三連続の斬撃は空気を切り裂き、乾いた音をたてた。

「亀十郎、お頭が敵じゃなくてよかったな」

「ああ、それはいえてる」

虎庵はそんな佐助と亀十郎などまるで意に介さず、素早く龍虎斬を前後させて二本

の直刀に分離させると、両手で鋭く回転させながら、庭を縦横無尽に動き回った。

「まるで美しい舞いを見ているようですね」

お松が溜息をついたとき、虎庵は両腕を水平にしながら、再び大跳躍を見せた。

それを見たお松は、思わず両手を叩いていた。

鋭く回転しながら着地した虎庵は、素早く二本の直刀を一本に組み合わせて鞘に納めた。

「やはり刀鍛冶は日本に限るな。前の龍虎斬に比べると、まるで水鳥の羽のような軽さだ。いい汗かかせてもらったぜ」

そういって縁側に上がった虎庵に、お松が懐から手拭いを取り出して渡した。

「しかしお頭、隠し部屋に隠れていなくていいんですか」

「佐助、良かねえよ。良かねえが、俺たちゃモグラじゃねえんだから、たまにはお天道様を拝まねえと、具合がわるくなっちまうんだよ。あーあ」

虎庵はまだ低い太陽に向かって、大きな伸びをした。

昼過ぎ、角筈一家の金吾は、柳橋に繋留された屋形船に乗り込んだ。

「ほう、お前さんが一家の跡目を継いだとはなあ、兄貴が育てた角筈一家の将来が危ぶまれるで」

岸和田一家の周五郎は歯に衣を着せず、ズケズケといった。

「それより叔父貴、この前、江戸に来たばかりだというのに、十日もしねえうちにまたまた江戸入りとは、いったいどういう風の吹き回しですか」

「風魔の十代目が死んだそうやな」

「ええ、吉原は三日間喪に服して休業してましたよ」

「お前さんも、江戸の闇を仕切る大親分や、ここらで一勝負してみてはどうや」

「勝負？」

「ああ、風魔を潰して、吉原を乗っ取るんや」

「吉原を乗っ取る？　ばかばかしい。この江戸に巣くう風魔は三千。江戸のヤクザを総動員したって千人がいいところ。勝負になりませんよ」

「それがそうでもないんや。いまや統領を失った風魔は烏合の衆。昨日、うちの若い者が吉原で一暴れしたんやが、奴ら手も足も出えへんのや。それに儂らの後ろには、将軍も顔負けの大物がついとるんや」

「だったらその大物とやらと、好きにしたらいいじゃねえですか」

「金吾、叔父に向かって、ずいぶんと横柄な口のきき様やないけ」

金吾を上目遣いで睨んだ周五郎は、ドスの効いた声でいった。

「あーあ、兄貴といいお前といい、ほんま、江戸のヤクザは根性なしやな。兄貴は儂ら組んで品川の鬼辰一家を潰し、名実ともに江戸の大親分になったちゅうのに、いざ、風魔との勝負となったら怖じ気づきやがったんや。ま、それで命を落としたんやから世話ないで」

「まさか、あんたらが親分を……」

「はあ？　なんのこっちゃ。そないこと知らんがな。そんなことより風魔の件、一枚噛むんか、噛まへんのか、はっきりせいや。もっともここまで話をした以上、返答によっちゃあ、大変なことになるで。それがわからん、おまえやないやろ」

周五郎の話を聞いたふたりの子分が、懐に忍ばせた匕首をちらつかせた。

「わかりましたよ。やりゃあいいんでしょ」

「おお？　よくいった。新しい角筈一家の親分は、さすが江戸一番の親分や。死んだ強突張りとは器が違うで。それじゃあ大親分に頼みなんやが、いま、品川に儂の子分が八十人ほどおるんやが、その内三十人ほどに草鞋《わらじ》を脱がせてほしいんや」

「三十人？　期間はどれくらいですか」

「さあ、ひと月になるか、ふた月になるか。すべては仕事の進み具合やからな。なあ源五郎」

「そうでんな」

若衆頭の源五郎がにやついた。

「わかりやした。で、いつから皆さんをお預かりすれば……」

「今日や」

「それは勘弁して下さい。こっちにも準備がありやすんで」

「じゃあ、いつならいいんや」

「明日の夕刻ではいかがでしょう」

「わかった。よろしく頼むで。ま、お前さんに悪いようにはせんし、詳しい話もおいおい教えたるからな。それじゃあ固めの杯といこうやないか」

周五郎は金吾に徳利を差し出した。

金吾は眉ひとつ動かさず、その酒を受けた。


その頃、江戸城では、津田幽齋が将軍吉宗と謁見していた。

吉宗は虫歯が痛いのか、腫れた右頬を手のひらで押さえていた。

「幽齋、虎庵は達者にしているか」

「はい」

「忠相が血相を変えて、虎庵が死んだと申してきたときには、儂も肝を冷やしたぞ」

「虎庵殿も『丹波村雲党』の狙いがわからず、思い切った手に出たようです」

「正徳二年（一七一二）十月、六代家宣公が亡くなり、わずか五歳の家継公が将軍宣下を受けられた。幕府はわずか五歳の将軍の権威を高めようと、正徳四年（一七一四）九月、公武合体による体制安泰を理由に、一歳の赤子である霊元法皇の皇女八十宮を将軍に降嫁させることを提案し、霊元法皇も了承した。ところが家継様がすぐに亡くなったことで反故になってしまうのだが、霊元法皇はそれが気に入らないようなのだ」

「上様はどうお考えなのですか」

「儂は関白近衛基熙を通じ、霊元法皇の本意を探っているのだが、どうもこのふたりの関係が最悪のようなのだ」

「霊元法皇は八十宮を上様の嫡男長福様に降嫁させたいのでしょうか」

「そういうことだ」

「上様はその話に乗り気ではなさそうですな」

「もし、長福が八十宮を娶ることになれば、幕府としては金食い虫の朝儀を制限してきたにもかかわらず、制限を解かざるを得ないことになるやも知れぬ。この緊縮財政の折に、そのような真似はできぬであろう」

吉宗は苦虫を噛み潰したような顔で幽齋を見た。

「しかしそうなると、霊元法皇も公武合体を望まれているのに、『丹波村雲党』が暗躍を始めたのは腑に落ちませんな。しかもこれまでの奴らの動きは、風魔から吉原を取り上げることにしか思えませぬ。なにゆえ帝と朝廷を警護してきた『丹波村雲党』が、吉原などを狙わねばならんのです」

津田幽齋は吉宗に詰問した。

「幽齋、もう少し小さな声で話せぬか。虫歯に響いて仕方がない」

「上様、虎庵殿は品川に逗留している大坂のヤクザと、いつの間にか品川宿一番の引き手茶屋『芝浜屋』を手中にした、『丹波村雲党』の一派と思われる祇園『万亭』の者たちの殲滅を決意しました。『丹波村雲党』一派は百名を超える犠牲者が出るでしょうし、風魔も無傷ではいられないはずです。そうなる前に、幕府から『丹波村雲党』に手を回して吉原から手を引かせ、風魔との激突を避けさせることはできぬのですか」

「そうよのう……」

吉宗は煮え切らぬ態度で、あらぬ方向を見た。

三代家光で将軍家の大統が途絶えて以来、徳川家で起きた不審な将軍や嫡男たちの死の影には、「丹波村雲党」の存在が常に見え隠れしていた。

それは「丹波村雲党」だけが知る、漢方医や薬学者も知らぬ門外不出の毒草の知識、毒薬調合の技、一切の証拠を残さぬ見事な忍び技ゆえに、平清盛、源頼朝以来、武将の不審な死が起きる度に、その関与が取りざたされてきたのだ。

幽齋がいうように風魔と激突することで、あわよくば「丹波村雲党」が壊滅しないまでも、勢力が半減してくれれば、いまの世を支配する徳川家にとって目の上のたんこぶが消えてくれるようなものなのだ。

幽齋は潰すに潰せぬ、帝と朝廷に苦慮する武家の統領の本音を垣間見た気がした。

「幽齋、前に命じた尾張藩茶頭、小笠原宋易の動きについて何かわかったのか」

「小笠原宋易が開催する幽玄茶会なる茶会では、茶室で微量の阿片が焚かれているのではないかという噂が、かねてより囁かれておりました。しかし、清国から輸入される海外の香の中には、阿片を混入したものが公然と取引されておるのも現実です。此度の阿片事件で、『極楽香』が小笠原宋易の屋敷に運び込まれたからといって、阿片密売の責を問うのには無理があります。ましてそこに尾張藩の関与を結びつけるのは無謀に過ぎます」

「そうよのう。尾張藩が阿片密売に関与したなどとなれば、御三家といえどもお取り潰しにしなければ、それこそ幕府の威信に関わるというものだ。だからといって、そのようなことをすれば幕府内が二分し、再び戦乱の世になるのは必定なのだ。幽齋、このまま小笠原宋易を監視し、尾張藩の関与が見え隠れしたときには、即座に宋易を謀殺し、火事の延焼を食い止めよ」

「はは。して『丹波村雲党』の一件につきましてはいかがいたしましょう」

「虎庵に任せよ」

吉宗は吐き捨てるようにいった。

幽斎はこれまでの吉宗からは考えられぬ逃げ腰に、吉宗が推し進める幕政改革の不首尾を感じずにはいられなかった。

三

夜半過ぎ、縁側でスルメを齧りながら酒を舐めていた虎庵は、軒を見上げて大声を出した。

「愛一郎、どうだっ！」

「はい、いま吉原の方角で火の手が上がりましたっ！」

「そうか、手はず通りか……。問題は延焼をどう防ぐかだ」

虎庵は持っていた茶碗の酒を飲み干した。

一方吉原では、次々と鳴りひびいた爆発音に、泊りの客たちが着の身着のままでそれぞれの見世から飛び出した。

そして最後の爆発音が鳴りひびくと、轟音とともに「白菊楼」の瓦屋根が落ち、燃えさかっていた劫火が、みるみる勢いを失った。

「白菊楼」の周囲には黒山の野次馬がいるだけで、佐助たち風魔の姿は見えない。

唯一、長老の左平次だけが、その様子を確かめていた。

「それにしても、獅子丸が柱に仕掛けた爆薬の効果は凄まじいものよのう。ここまで見事に屋根を落とし、延焼を防ごうとは……」

左平次はひとり呟き、満足げな笑みを見せてその場を後にした。

一方、始末した「白菊楼」の若衆の首を樽に詰め、すでに山谷堀に浮かぶ屋形船に隠れた幸四郎は、生け捕りにした主と番頭頭を運んでくるはずの佐助を待った。

火事騒ぎで開いた大門の真ん中を喧噪にまぎれるように、獅子丸が引く荷車が姿を見せ、五十間道を一気に下った。

「お、来たようだぜ。お前たち、土手下まで迎えに行ってやれ」

幸四郎の指示で黒装束の若者が三人、闇にまぎれるように日本堤を駆け下りた。

一足先に屋形船に乗り込んできた佐助は、屋形の後部に積まれた白木の箱を見て呟いた。

「十個か、少ねえな」

「佐助、そう思うかも知れねえが、奴らは前回と違って間違いなく忍び。それもかなりの使い手だった。俺たちは客に扮した商人衆二十人と、屋根裏に隠れた十人で一斉攻撃を仕掛けたんだが、商人衆が事前に酒を飲ませてくれてなかったら、こちらもかなりの犠牲者が出たはずだ」

「間違いなく忍びか……。ともかく良仁堂に急ぐぜ」

「白菊楼」にいた者たちは、祇園の「万亭」から派遣されてきた者たちだ。

それが忍びということは、「丹波村雲党」としか考えられない。

その正体もわからぬ京の忍軍との戦いが、いよいよ始まったことを確信した佐助の背中に、冷たい汗が一筋、二筋と流れ落ちた。


屋根から降りてきた愛一郎は、首を傾げながら虎庵の隣に腰掛けた。

「先生、盛大に炎が燃え上がったと思ったら、突然、その炎が消えちゃったんですけど、どういうことですかね」

「おそらく、突然、屋根が焼け落ちたんだろう。佐助たちが、吉原の他の見世には延焼しないように考えた工夫だろ」

虎庵が持っていた茶碗を愛一郎に渡し、酒を注ごうとしたとき、庭先に黒い影が亡霊のように現れた。

「虎庵先生、いよいよ始まったようですね」

一升徳利を提げた金吾だった。

「おう、金吾親分じゃねえか。ささ、上がってくれ」

虎庵は素早く立ち上がると、部屋に上がるよう金吾に促した。

「先生、今日の昼、岸和田一家の周五郎に呼び出されて会ってきました」

「ほう、周五郎が早速動き出しやがったか」

虎庵は金吾の前に愛一郎が置いた茶碗に酒を注いだ。

「奴ら、あっしが先生たちと通じていることも知らず、あることないことべらべらしゃべりましたよ」

「ほう、そいつは面白えな。教えてくれ」

「じつは……」

金吾は昼間の一部始終を虎庵に話した。

「お前さんとこの先代親分が周五郎とつるんで、吉原乗っ取りを画策していたとはな。しかも最後に怖じ気づいて殺されちまうとは……」

「先生、周五郎のいうことなんか信用しちゃいけません。うちの先代は金と女のためなら、平気で仲間を裏切るような男です。吉原乗っ取りなんて美味しい餌をぶら下げられて、怖じ気づくような玉じゃありませんよ。新たに傘下になった一家を戦いの矢面に立たせ、自分は一番安全な本陣から出てこない。念仏の我次郎って男は、そういう奴なんです」

「それが怖じ気づくわけねえか」

「ええ、下手をすれば周五郎を差しおいて黒幕と交渉し、立場を逆転させることくらい、平気で考える男です。なにしろうちの配下は千人、岸和田一家なんざせいぜい百人のチンケな一家なんですから」

「てえことは、やっぱり品川で念仏の我次郎を殺ったのは周五郎だな」

「間違いありませんよ」

「で、金吾親分はどうするつもりだい」

「まずは、明日の晩、うちに草鞋を脱ぎにくる三十人を血祭りに上げます」

「どうやって」

「奴らに酒を飲ませ、酔いつぶれたところを一気に殺ります」

「それじゃあ、お前さんの屋敷は血塗れになり、多少の犠牲者は覚悟しなきゃならねえぜ」

「それくれえは、しかたがありませんよ」

「どうだろう、ここは俺たち風魔に任せちゃもらえねえか」

「どういうことですか」

「明日の昼には、お前さんのところに痺れ薬をたっぷりと仕込んだ、一斗樽の薦被りを送る。この痺れ薬は四半刻ほど経ったところで効果が出るから、歓迎の宴とでもいって、全員に飲ませてくれねえか」

「風魔が痺れて動きのとれねえ奴らを引き取りにいくよ。あとは首をちょん切って、体は大川に流して終えだ」

「そのあとは……」

「それじゃあ、あっしたちの気が済まねえですよ」

金吾が徳利を虎庵に差し出したとき、佐助、幸四郎、獅子丸の三人が庭先に現れた。

「お頭、首尾は上々です」

黒装束で立て膝を突いた佐助がいった。

「ご苦労だった。『白菊楼』の連中はどうした」

「主と番頭頭は、若い者が簀巻きにして土蔵に運び込みました。他の連中は……」

佐助は人差し指で喉を切る真似をした。

「そうか、三人ともご苦労だった。ともかく上がって一杯飲め。いま、金吾親分が面白え話を聞かせてくれたからよ」

虎庵は三人に手招きし、明日、金吾があずかる岸和田一家の三十人の話をかいつまんで説明した。

「三十人ものヤクザを苦もなく殺れるってのは、面白えじゃねえですか」

幸四郎の目が怪しく輝いた。

「そうだろう。今日、狩った十個の首と合わせて四十。明後日の朝、『芝浜屋』の店先に積んでやるんだ。そこで金吾親分に相談なんだが、明日の夕刻までに、『芝浜屋』近辺にある、あらゆる店の者たちを、お前さんの手下と入れ替わらせるなんてことは可能かね」

「それは、風魔が品川に総攻撃をかけるということですか」

聡明な金吾は、俯いていた顔を上げた。

「そういうことだ。今回だけは、爆薬、飛び道具、なんでもありの総攻撃になる。品川宿の民がいたんじゃ、思う存分というわけにはいかねえだろ」

「任せて下さい。うちの一家が男衆は吉原に、女衆は日本橋で歌舞伎に招待するとでもいって、全員避難させましょう」

「それはいい考えだ。獅子丸、明日の夕刻、猟師町の先の弁天様付近に屋形船を五十隻ほど用意し、品川の衆を乗せてくれ」

「はい。それではすぐに手配にまいります」

獅子丸が音もなく部屋を出た。

「よし、そうと決まれば明日の昼、ここで総攻撃の評定を開く。幹部たちを集めてくれ。面白くなってきやがったぜ」

虎庵が手酌で茶碗に酒を注ごうとしたとき、縁側に黒装束の若者が姿を見せた。

「お頭、『白菊楼』のふたりが目を覚ましました」

「そうか。奴らには訊きたいことが山ほどあるが、おそらく奴らは『丹波村雲党』の忍びだ。たぬ吉を責めたときのようにはいかねえだろうから、佐助も幸四郎も心してかかってくれ」

虎庵はそういうなり、刀掛けから大刀を掴んで土蔵へと向かった。

土蔵の中にはふたりの町人が、柱を背中にしてくくりつけられていた。

いかにも商人風のふたりだが、商人らしからぬ殺気を全身から放っている。

「おう、『丹波村雲党』の旦那、その格好でいくら殺気を放ったところで無駄だぜ」

虎庵はそういうと大刀を抜いた。

そしてふたりを柱にくくりつけた荒縄を切ると、後ろ手に縛られたふたりを立ち上がらせた。

「逃げ出す隙をうかがっても無駄だぜ」

虎庵は目にも留まらぬ早業で大刀を操り、ふたりの足指だけをすべて切断した。

「幸四郎、とりあえず荒縄で膝上を硬く縛り、血止めをしてやってくれ。おふたりさんにはいっておくが、血止めをしなきゃ四半刻であの世行きだぜ」

激痛にも表情ひとつ変えぬふたりはただ者ではない。

虎庵は大刀の血を払い、ゆっくりと鞘に納めた。

「さあて、まずはお前さんたち『丹波村雲党』の狙いを喋って貰おうか」

虎庵の問いに、足指を切断されたふたりの男は、固く目を瞑ったまま顔を背けた。

「悲しいなあ。目を瞑られちゃ、表情が読めねえじゃねえか」

虎庵は番頭頭の前で片膝を立てると、番頭頭の上瞼をつまんだ。

そして鞘から抜いた小柄で、その瞼を切り取った。

「ギャーッ」

番頭頭はあまりの激痛に、床をのたうち回った。

完全に露出したふたつの目玉が、傷口から吹きだした血で朱に染められている。

「ふたりとも誤解しねえでくれ。お前さんたちには交渉の余地もなければ、俺の質問を拒否する権利もねえんだ。お前さんたちが喋らねえなら、俺は喋るようにするだけだ。これが十代目風魔小太郎のやり方だってことをしっかり憶えていてくれ」

虎庵はそういうと、主の上瞼を摘んだ。

「ま、待ってえな。儂らは上の者の命で動いているだけや。あんたらも忍びならわかるやろ」

「それじゃあ、質問を変えよう。『丹波村雲党』の統領は誰なんだ」

「そ、それは……」

「お前さんたち、祇園の『万亭』の主が統領なのかね」

「なぜ、そのことを……」

「風魔も馬鹿じゃねえからな、それくらいのこともわからずに、お前さんたちを拉致するわけがねえだろう。はやく、統領の名を教えてくれよ」

そういって虎庵が主の顎を掴んだとき、脇で転がっていた番頭頭が全身をわななかせ、口から鮮血を吐き出した。

「しまった、毒か」

「こんなことも予測できぬとは、風魔もたいしたことがないな。ウグッ」

主は激しく首を振って虎庵の手を振りほどき、奥歯をきつく噛みしめた。

すると奥歯に仕込まれた猛毒が口中に溢れ出た。

次の瞬間、主も番頭頭同様に全身を激しく痙攣させ、口から血の泡を噴いた。

「さすがは『丹波村雲党』の忍び。よもやこの者たちが口を割るとは思っていなかったが、こうも簡単に自害するとは……」

虎庵はふたりの骸を振り返ることもなく土蔵を出た。

四

翌朝、何の気なしに良仁堂の庭先に現れた南町奉行所与力の木村左内は、夢にも思わなかった目の前の景色に腰を抜かした。

「ひっ、じょ、成仏してくれっ、南無阿弥陀仏、南無阿弥陀仏……」

左内は縁側で煙管をくゆらせている虎庵に向かって手を合わせると、一心不乱にお題目を唱えた。

するとそこに現れた桔梗之介が、左内の奇麗に剃り上げられた月代に拳を打ちつけた。

「何をしてやがる」

「痛っ、な、何をって……」

左内は突然、頭頂部を襲った激痛に、思わず両手で月代を押さえながら桔梗之介を見上げた。

「だから何をしてやがるって、訊いてるんだ」

「ゆ、幽霊……、せ、先生の幽霊……」

左内は震える指先を虎庵に向けた。

「お前は馬鹿か。昼間っから出る幽霊がいるかっ！」

桔梗之介は腰を抜かしている左内を無視して、虎庵が座る縁側に歩み寄った。

「いよいよ、動き出しましたな」

「まあな、昼から評定を行なうが、お前さんも参加してくれ」

「それはかまいませんが、あの馬鹿はどういたしましょう」

桔梗之介は背後で震えている左内を振り返った。

「しょうがねえから、こいつを飲ませて長椅子に運び込んでくれ」

虎庵は縁側に置いていた一升徳利を桔梗之介に渡し、先に長椅子に向かった。

桔梗之介が徳利を持って左内に近付くと、

「あ、足がありやがるっ！」

左内はそういって両目を手で覆った。

桔梗之介は左内の鼻を摘み、大きく開けられた口中に酒を注ぎ込んだ。

「ううっ、な、なにをする、んぐんぐ……」

「何をって、お前さんが大好きな酒だろうが」

桔梗之介がもう一度、酒を注ぎ込もうとすると、左内は弾かれたように起き上がった。

桔梗之介はその耳を掴み、左内を無理矢理奥の間に上げた。

まるで物の怪を見るような顔で長椅子に座った左内が、事情に納得したのは四半刻後のことだった。

「だから、敵を欺くには味方からというだろうが」

「そりゃあ、俺をお奉行様や上様と一緒に扱えとはいわぬが、お、俺は本当に心配したんだぞっ！」

「あのときの俺は死んじまったんだから、心配したって始まらねえじゃねえか」

虎庵は左内の茶碗に酒を注いだ。

「へ、屁理屈を申すなっ！　でも、本当に良かった」

左内は泣きべそをかきながら、虎庵に注がれた酒を呷った。

「ところで左内の旦那、あんたを男と見込んで頼みがあるんだ」

「た、頼みだと？」

「ああ、聞いてくれたら、お礼に鰻を腹一杯奢るぜ」

「礼に鰻だと。水臭いことを申すなっ」

「そうかい、ありがとよ。じゃあいうが、お奉行様に明日の夜五つ（午後八時）から、明け六つまでのあいだ、高輪から川崎までの東海道を通行止めにしてくれと伝えて欲しいんだ」

「理由は……聞くだけ無駄か。わかった、まかしとけ」

左内はゆっくり立ち上がって虎庵に近付くと、まるでその生存を確かめるように肩を力強く掴んだ。

そして一度だけ大きく頷くと、何もいわずに縁側に向かった。

「頼んだぜ」

虎庵はその背中を見ずに、呟くようにいった。

昼過ぎ、地下の隠し部屋は、次々と集合してきた風魔の幹部三十名の人いきれでむせ返っていた。

昼間ということもあり、面々は吉原にあるそれぞれの店名が入った法被姿で、一見すると寄り合いのようでもあるが、近付きつつある決戦を前にその顔は一様に紅潮していた。

「お頭、全員揃いました」

佐助のひと言に、ざわついていた室内が静まりかえった。

「幸四郎、まずは今宵の手はずを説明してくれ」

虎庵の指名に、幸四郎はこころなしか緊張気味に立ち上がった。

「すでに内藤新宿の角筈一家には、痺れ薬入りの一斗樽を届けてあります。『芝浜屋』にいる岸和田一家の三十人は、今宵、暮れ六つ、追分にある角筈一家に草鞋を脱ぎ、そのまま歓迎の宴が始まる予定になっています。我らは仲町にある風魔の商人衆がやっている『追分屋』という炭屋で金吾親分からの連絡を待ちます」

「何人で待つんだ」

「こちらは十人です」

「足りるのか」

「はい。『追分屋』から荷車十台と、若衆が二十人協力してくれますので。岸和田一家の三十人は、いったん『追分屋』に運んで始末をつけた後、骸は舟に分乗させて渋谷川、目黒川を使って品川に運びます」

「何か問題はねえのか」

「ありません」

幸四郎は毅然と答えた。

「では佐助、いやその前に獅子丸、今宵の屋形船の手配はどうだ」

「はい。すでに調達した五十隻を本所小名木川に集合させてます。各船、品川の住民を乗せた後は大川で舟遊びをし、五つ半にはそれぞれ指定した本所と今戸の宿に向かうことになってます」

「わかった、ぬかりはないようだな。では佐助、品川の様子を説明してくれ」

「はい。『芝浜屋』には現在、親分の周五郎以下岸和田一家五十人が宿泊していますが、そのうち三十人が夕刻、内藤新宿の角筈一家に草鞋を脱ぎます。その結果、『芝浜屋』には京の祇園から送り込まれた二十人、岸和田一家の二十人、合計四十人がいることになります。それから東海道を挟んで『芝浜屋』の向かいにある旅籠の『東海屋』、『音羽屋』、『品荘』の三軒に、岸和田一家の者が十人ずつ分散して逗留してます」

「合計七十人か。では此度の戦術を申し渡す。まずは作戦行動の開始時刻だが、明日の夜四つ半とする。幸四郎隊は全員がボウガンと蛇毒を塗った矢を装備し、明日の暮れ六つに二十名ずつが一隊となり、『東海屋』、『音羽屋』、『品荘』の三軒に潜入している角筈一家の手引きに従って宿に入れ。そして夜四つ半、各隊の隊長の合図によって角筈一家を殲滅しろ。殲滅後は、各旅籠の二階窓辺に集合し、ボウガンによる狙撃の準備を頼む」

「はい」

　幸四郎は大きく頷いた。

「ところで佐助、昨夜の『白菊楼』の焼き討ちは、見事に他の見世への延焼を食い止めたそうだが」

「はい。事前に『白菊楼』の天井裏に忍び込み、主要な柱に爆薬を仕掛けました」

「爆発音がしたというのは、そういうわけか。『芝浜屋』にも同じ仕掛けを施すことは可能か」

「もちろんですが、すでに御仁吉配下の者たちが、阿片騒ぎが起きたときに『芝浜屋』に忍び込み、爆薬を仕掛け済みです」

　佐助の説明に、虎庵は何も答えなかった。

「余計なことをしてすみません」

佐助はすぐに謝罪した。

「佐助、詫びることはねえやな。あの阿片騒ぎの際に、俺は大した決断ができなかったが、お前たちはあの状況下で判断し、そこまで準備していてくれたとはな。詫びなきゃいけねえのは俺の方だ。よし、そこまで準備ができているのなら話は早えやな。長老、指示通り『芝浜屋』に明日の予約は入れてあるのか」

「はい。油問屋の寄り合い名目で、三十二人分の予約を入れてございます」

「三十二人？　ずいぶん細けえな」

「はい。『芝浜屋』が経営している遊女屋の『残波楼』には、三十二人の遊女がおります。全員を無事に救出するには、こちらも三十二人必要かと……」

「なるほど、さすがは長老。つくづくぬかりのねえ男だな。よし、では夜四つ半、長老は部屋の行灯を蹴倒し、部屋に火をつけて火事騒ぎを起こせ。一緒に泊まっている商人衆には、お前さんの叫び声を聞いたら一斉に各部屋の行灯を蹴倒させろ。そして女どもを連れて、一斉に玄関に向かえ」

「はい」

「玄関先には佐助と俺たちが『芝浜屋』を取り囲んでいるので、その隙間を抜けて背後に回り、御殿山に向かってくれ。御殿山には御仁吉と亀十郎の隊が待ち受けているので、後はその指示に従ってくれ」

「亀十郎って、もう傷は癒えたのですか」

長老は部屋の隅に座る亀十郎を見た。

「完璧というわけにはいかねえが、あいつに来るなといっても聞かねえだろう」

虎庵は苦笑した。

「それもそうですな。亀十郎、商人衆は風魔といっても年寄り揃いじゃ、よろしく頼むぞ」

亀十郎は無言で頷いた。

「さて、佐助。『芝浜屋』は何人で取り囲む」

「玄関に面した東海道に五十名。それ以外の三方に二十名ずつでいかがでしょう」

「そんなところだな。三方に回る二十名は四名ひと組となり、『芝浜屋』から飛び出てきた奴は、誰であろうがボウガンで射殺しろ。対個人の接近戦は許さぬ。それから幸四郎の隊は、商人衆と女が全員脱出した段階で佐助が合図する。その合図をもって『芝浜屋』の玄関に飛び出た者を全員射殺するのだ」

「お頭、おそらくこの段階で岸和田一家のヤクザは皆殺し、祇園から来た『丹波村雲党』も半減しているはずです。問題は……」

佐助は口ごもった。

「どうした、何が問題だ」

「じつは今朝方、雑司ヶ谷の『夢幻堂』にいた『鞍馬死天王』の姿が消えました。おそらく『白菊楼』襲撃の一報が届いてのことと思われますが、品川宿に入ったところで足取りが消えちまったんです」

「なるほどな。風魔の反撃を知った奴らは、おそらく風魔の戦い振りを見極めるために、『芝浜屋』以外に潜伏しているはずだ。旅籠や茶屋に潜伏していれば、金吾親分たちの網にかかるはずだが、前のように廃寺に隠れていたらそれも無理だ」

「品川宿は東海道の西側に寺社が密集しています。そのどこかに潜伏されたら……」

「佐助、心配するな。奴らは『芝浜屋』の前で俺の姿を確認したら、必ず攻撃を仕掛けてくるはずだ。どれ、品川界隈の切り絵図を見せてみろ」

佐助は虎庵の指示に従い、三枚の切り絵図を卓上に広げた。

しばらくそれを眺めていた虎庵が、突然、切り絵図の二カ所を指さした。

「ここと、ここだ。奴らはかならずここから、俺を狙撃してくるはずだ」

虎庵が指さした場所には、『芝浜屋』の南北に位置し、それぞれ一町ほど離れたところにある火の見櫓が記されていた。

「しかしお頭、ここから『芝浜屋』までは一町も離れています。火縄銃で狙撃なんて無理でしょう」

「どうかな。奴らは幽齋殿も驚くような加工を弾丸に施してやがった。幽齋殿によれば、それだけで二十間ほどの有効射程距離が、四十間にまで伸びるそうだ。奴らが鉄砲そのものや火薬になんらかの加工を施せば、有効射程距離を一町にすることも可能だろう」

「ならばやはり、お頭が出向くのは危険です」

「心配するな。まずは奴らに俺が生きていることをたっぷりと見せつけたら、俺は床机に腰掛け、狙撃手の視覚から消えてやる。よし、評定はここまでだ。皆の者、くれぐれも心してかかってくれ」

「おおっ！」

幹部たちの返事がどよめきとなって室内にこだました。

五

夕刻六つ半、とっぷりと日も暮れた甲州街道を十台の荷車が、土埃を上げて疾走した。

追分近くにある角筈一家の中庭に通じる木戸が開き、荷車は次々と吸い込まれるように消えていく。

「幸四郎さん、ご苦労さんでござんす」

角筈一家の金吾親分が、幸四郎を出迎えた。

「親分、首尾の方は」

「上々ですよ。お前ら、さっさと荷車に運ばねえか」

金吾の命令に一家の若衆が、猿ぐつわを噛まされ、両手足を縛られた男たちを次々と荷車に運んだ。

男たちは一様にぐったりとし、乱暴に扱われているにもかかわらずうめき声ひとつ上げない。

「それにしても、とんでもねえ痺れ薬ですよ。虎庵先生は四半刻で効果が出るといってましたが、その半分、たったの小半時でバタバタと倒れ始めましたからね。おっ、幸四郎さん、こいつが若衆頭の源五郎です」

金吾は目の前の荷車に運ばれた、小柄な男の髷を掴んで顔を確かめた。

「ほう、こいつが源五郎ですか。なんでもうちのお頭が、たぬき面をしてるところから、たぬ吉と命名したそうですが、なるほどたぬきにそっくりだ。おい、たぬ吉」

幸四郎はピシャピシャと音がするほど、源五郎の頬を平手で叩いた。

「う、ううっー」

気付いた源五郎がわずかにうめき声を上げたが、痺れ薬が効いているために微動だにしない。

「お前らがこれからどういう目にあうか、知りてえだろう？」

「う、ううっ」

「そうかそうか。じゃあ教えてやるが、これから舟に積み替えて渋谷川を下り、お前らが大好きな品川に向かうんだ。その間にお前らをあの世に送り、狩った生首を塩漬けにして、お前らの親分の所に届けてやる。お前はたぬきに似ているから、特別に皮も剥いでやるからな」

「う、う」

「なんだこの野郎。さっきから、うーうー、うーうーって、うるせえんだよ」

幸四郎が叩きつけた拳が源五郎の鼻柱をへし折り、鮮血が噴き出した。

「じゃあ、親分。確かにこいつらはあずかりましたんで」

「あとのことはお任せします」

淡々と話す金吾と幸四郎の話を聞いて、ようやく事情を理解した源五郎は、目尻から大粒の涙を流したが、時すでに遅し。

源五郎の命も風前の灯火となっていた。

虎庵と桔梗之介が縁側で将棋を指していると、息を切らせて汗みずくになった獅子丸が庭先に現れた。

「お頭、幸四郎兄貴たちは、無事、品川に向かいました」

「そうか。何も知らずに死んでいく奴らも、哀れなものだな」

「若衆頭の源五郎とかいう奴が、ひとり気付いたようですが、他の連中は痺れ薬で身動きひとつしませんでした」

「そうか、たぬ吉もいたのか。てえことは、奴らが岸和田一家の者で間違いねえ。よし、王手、これで勝負あったたな」

虎庵の差し手を見た桔梗之介は、盤上の駒をぐちゃぐちゃにかき混ぜた。

「それじゃあお頭、俺は明日の準備もありますすんで本所に戻ります」

「そうか、それじゃあ、しっかり頼んだぜ」

「はい」

音もなく姿を消した獅子丸と、入れ替わりに現れたのは津田幽齋だった。

珍しくその手には、一升徳利がぶら下げられていた。

「おお、徳利持参とはめずらしいじゃねえか」

「俺からではなく、上様からだ」

幽齋の説明に、虎庵は意外そうな顔をした。

「上様からの言伝は？」

「何もできずにすまぬ、それだけだ」

現れた。

「まあ上がれや。話はそれからだ」

虎庵、桔梗之介、幽齋が長椅子に座ると、茶碗と目刺しの載った盆を抱えた佐助が
「上様は、なにもできぬ、か」

虎庵は目刺しを摘むと、頭から囓った。

「上様は『丹波村雲党』と、背後にいるはずの朝廷の動きを探っているが、関白の近衛基煕を通じ……」

「幽齋殿、もういいよ。公家だ朝廷だと難しい話を聞いたところで、俺にはわからねえよ。それより幽齋殿、この前に見せた弾丸の加工以外に、鉄砲の有効射程距離を延ばす手はあるのかね」

「銃身を延ばして火薬の量を増やす、かな」

「それでどれほどの効果が望めるのかね」

「根来の鉄砲鍛冶が実験したところ、銃身を一尺延ばし、火薬量を五割り増しにしたところ、一町先の兜を打ち抜いた」

「一町先の兜だって……」

「そうだ。大坂の陣から百年以上たち、鉄砲も進歩しているのだ」

「ちょっと待ってくれ。俺が上海で見てきた限り、西欧の鉄砲はそれほど変わってい

ると思えねえがな」

「西欧が変わらぬからといって、この国の鉄砲が変わってはいけないという法もあるまい。根来では大筒に見られるような弾丸の後込め式、火薬の固形化、弾丸の形状など様々な改良を進めているんだ」

「ふーん、人斬り包丁といわれる刀は、いま以上、変わりそうもねえが、鉄砲はそうもいかねえみたいだな。いずれは女子供でも扱えて、大した技術がなくても簡単に人を殺せる道具になるということか。そんな世の中は見たくねえもんだな」

「我らの究極の狙いは、そういう武器からの防御だ。そういう新兵器から、上様を護る防御法を開発することなんだ」

「究極の武器に究極の防御法？　そういうことを矛盾っていうんじゃなかったかね。まあいいや、お前さんのお役目を俺がとやかくいう筋合いじゃねえからな」

虎庵は吉宗から下賜された酒をひと舐めした。

「虎庵殿、『丹波村雲党』の件はどうなっている」

「どうもこうも、すでに戦闘は開始しているよ。先日、風魔が『白菊楼』を襲撃したことは知っているだろうが、若衆を十人、主と番頭頭は生け捕りにしたが、奥歯に仕込んだ毒薬で自害されちまった。岸和田一家についていては、江戸入りした八十人のうち三十人を始末してやった。奴らがそれを知るのは明朝のことだろうが、それで奴らが大坂に逃げ帰れば助かるし、そうでなければ残った五十人も皆殺しだ」

「虎庵殿、風魔が残虐な忍軍であることは、戦国の世からつとに有名だ。だからといって、そこまでする必要があるのか」

幽斎は眉間に一筋、深い縦皺を刻んだ。

幽斎は口にするつもりはないが、今回の一件は将軍家と朝廷の不協和音が原因であり、さらにその理由を問えば金に尽きる。

そんなことのために、何も知らない若者たちが四十人も命を落としていることが、幽斎にはどうしても納得いかなかった。

「幽斎殿、さっきあんたがいったが、俺たち風魔が風魔を護るには、誰にも俺たちを攻めようという気にさせないこと、それが最大の防御と思えねえかな」

「それはそうだが……」

幽斎は悔しげに口を真一文字に結んだ。

「幽斎殿、今回の一件は、ほんのとば口に過ぎねえと思っているんだ。それはあんたがいうように、将軍家や朝廷が絡んでくることであり、理由を突き詰めれば反吐が出るような話かも知れねえ。だけど俺たち風魔は、正面から売られた喧嘩を買わずに逃げ出すわけにはいかねえし、逃げる場所だってねえんだ。だからこそ俺たちは、まだ火が小せえうちに徹底的に消す、ただそれだけだ」

「もし、火元が将軍や朝廷にあるとしたら、風魔はどうする」

「我ら風魔にとって身分など関係ない。将軍だ、公家だといっても、女の股座からひとりで生まれ、糞や屁をひりながら、ひとりで死んでいくただの人間にすぎねえ」

「そういうことか。そうなると、俺と虎庵殿が正面から激突するなんてことも、あるやもしれぬということか」

幽齋は酒が満たされた茶碗を口元に運び、一気に呷った。

すると虎庵は袂から取り出したサイコロをふたつ、空いた茶碗の中に放り投げた。

「丁っ！」

虎庵がそう叫んで茶碗を覗くと、赤い一の目がふたつ揃った。

「ピンゾロの丁だ。次は半だ」

虎庵はそういってサイコロを茶碗に放り投げると、五と六の半の目が出た。

そうやって虎庵は、五回連続で丁半をいい当てた。

「幽齋殿、あんたもやってみるか」

「いや、遠慮しておく」

「そりゃあ残念だな。いいかい、俺が五回も丁半の結果を連続して当てたのは勘だ。決してサイの目をいい当てたわけじゃねえ。ようするに一寸先は闇。未来のことなどだれにもわからねえんだ。それを考えて一喜一憂するのは馬鹿のすることだ。いいから丁か半かいってみろ」

「じゃあ、丁だ」

虎庵に促された幽斎がいった。

「それじゃあ、俺は半だ」

虎庵はそういってサイコロを茶碗に投げた。

茶碗の中でサイコロが何度も転がり、赤い一の目と四の目が出た。

「やっぱり半だったな。どうやら勘は、お前さんより俺の方がいいみたいだぜ」

虎庵は嬉しそうな笑みを浮かべ、茶碗の酒を呷った。

幽斎もはにかみながら、徳利の酒を茶碗に注いだ。


その頃、品川の廃寺に潜んだ「鞍馬死天王」は、調達した握り飯をほおばりながらあたりの様子をうかがっていた。

「辰兄い、吉原の『白菊楼』が襲われたということは、統領を殺されていよいよ反撃に出たということやろか」

「そういうことやろな。だが奴らは、儂らが潜んでいた雑司ヶ谷の『夢幻堂』に対して無警戒だった。ということは、我らの正体も掴めてねえし、阿片事件の全貌も掴めてないということや。そう考えれば、奴らは『白菊楼』を襲った以上、次の標的は

『芝浜屋』しかないやろ。風魔が残虐だという評判は儂も聞いている。ここは『芝浜屋』にいる連中には気の毒やが、お手並みを拝見しておこうやないか。もし、風魔の戦い振りを見ることができれば、今後に役立つことは確かやからな」

辰吉はそういうと握り飯を頬張り、タクワンを一枚口の中に放り込んだ。

そして本堂の片隅で、なにやら鉄砲を組み立てている四男の亀松に気づき、握り飯の包みを持って近寄った。

「亀松、飯も食わずに、さっきから何をしとるんや」

「辰兄い、さっき見たところ、『芝浜屋』から南北に一町ほど離れたところに二カ所、火の見櫓が建っているんや。儂はいざとなったら、あそこからこいつで狙撃しようと思うて、鉄砲を組み立て直しとるんや」

「何をいうてんねん。一町も離れたところから、狙撃なんてできるわけがないやろ」

「ふふふ、そうかな」

亀松は台座から外した銃身の中程を握り、両手でネジのように回した。

すると分かれるはずのない銃身がふたつになった。

「辰兄い、よいかな」

亀松は鉄砲を収めていた袋の中から、一尺ほどの鉄筒を取り出した。

「亀松、それはなんや」

「銃身をのばす継ぎ手や」

亀松はふたつに分かれた銃身の片方を手に取り、継ぎ手のネジをはめ込んだ。

そしてもう一方の銃身を継いだ。

「やけに不格好な鉄砲やな」

「ふふふ、格好などどうでもいいんや。儂はこの継ぎ手を使い、すでに一町先に置いた招き猫の目を打ち抜いたんや」

「ほんまかいな」

「辰兄に嘘をついても、仕方がないやろ」

「お前は子供の頃からろくに言葉も発せず、一座の鉄砲遣いの鍛錬を熱心に見ておった。特に硝煙の臭いが好きで、鉄砲遣いが一発撃つごとに鼻をクンクンと鳴らして嗅いでおった。なんとも奇妙な子と思うたが、鉄砲馬鹿もここまでくれば本物じゃ」

辰吉は上機嫌で亀松に握り飯の包みを渡し、持っていたタクワンを一枚、中空に放り投げた。

中空を舞う黄色い断片が目前に差し掛かったとき、腰の大刀を一気に引き抜いた。

そして瞬時に刀の峰を返し上を向いた刃の上に、蝶の羽のように薄く切断されたタクワンが舞い降りた。

六

翌朝、明け方近く、「芝浜屋」の暖簾を掛けに出た番頭は、店先に壁のように積まれた木桶に首を傾げた。

そしてその壁の前に置かれた、ふたつの桶の右側の蓋を取り、さらに首を傾げた。

「塩やないけ」

番頭がずしりと重い木桶を持ち上げて、中身の塩を出そうとひっくり返した。

すると半ば固まった塩とともに、木桶から飛び出した生首が地面に転がった。

「じ、仁吾郎……」

地面に転がった首は、「白菊楼」を任された仁吾郎で、番頭が京でともに育った幼なじみだった。

慌てて店に戻った番頭は、「芝浜屋」の主となった祇園「万亭」の元番頭頭長治郎と、岸和田一家の周五郎とともに、店先に飛び出した。

周五郎が木桶の壁の前に置かれたもうひとつの木桶を蹴飛ばした。

転がって蓋の外れた木桶の中から、粗塩とともに源五郎の生首が転がり出た。

それを見た周五郎の子分たちが次々と木桶を転がすと、中からことごとく見覚えのある生首が転がり出た。

「こんなアホな真似をするのは、ふ、風魔や」

周五郎は直感的に脳裡に浮かんだ言葉を呟いた。

そしてよろけながら「芝浜屋」の奥に引っ込み、裏の厠に転がり込んだ。

黄色い胃液まで吐き続けた周五郎が部屋に戻ると、長治郎と番頭頭の浅右衛門が待ち受けていた。

「周五郎、どうする」

長治郎は周五郎の顔を見ずに、ドスの効いた低い声でいった。

「ど、どうするって……」

「あの生首は『白菊楼』の連中と手めえの子分どもだ。昨日、内藤新宿の角筈一家の世話になるといって出ていった連中が、なんであんな姿になって戻ってきたのか、説明してもらおうやないか」

「だから、風魔の仕業といったやろ。奴らはこの江戸に三千人もおるんや。でなけりゃ、三十人もの人間をあんな目にあわせられるわけないやろ」

「お前さんの説明では、風魔は統領を失って、烏合の衆に成り下がったはずやなかったのか」

「そ、そうや。儂の子分が吉原で大暴れしても、黙ってやられっぱなしやったんや。

しかも後を追ってくるでもなく、子分どもは堂々と大手を振って大門を潜ってきたんや。嘘やないでえっ！」

周五郎は向かいに座った長治郎ににじり寄り、両手でその膝頭を掴んだ。

「まあ、起きちまったことをいまさらゆうても、しゃあないやないけ。それよりお前さんは、この先どうするつもりなのか教えてや」

長治郎は項垂れる周五郎の肩をぽんぽんと叩いた。

「こうなったら、予定を繰り上げて吉原を焼き払ってくれるわ。儂は三十人も子分を殺られたんやからな、文句はいわさへんで」

「儂らかて、仲間を十二人も殺されとるんや。殺気立つお前さんの気持ちもわからんではないが、十分な段取りがつかんうちに吉原を焼き払うわけにはいかんのや。それよりお前さんは、子分どもがちゃんと内藤新宿に到着したのか、確かめる必要があるんやないのか」

「どういう意味や」

「お前さんが協力を取り付けた角筈一家の金吾とかいう野郎、本当に信用できるんかいな。お前と同じヤクザといっても、江戸者は江戸者やで」

「奴は儂の兄貴分だった男の子分や。そいつが一度、うんといったんや。叔父の儂を裏切るわけないいやないけ」

「その兄貴分を殺したのがお前やろ。よくいうわ」

長治郎は鼻白む思いで、周五郎を突き飛ばした。

「な、なにをするんや」

周五郎は懐に隠した匕首に手を掛けて殺気だった。

「ええか、お前は儂らに雇われているということを忘れたらあかんで。儂らもアホやないから、風魔の反撃くらいは織り込み済みや。これくらいのことで、予定は変更できんということっちゃい」

「これくらいのことって……」

「くどいで」

「儂はかわいい子分を三十人も……」

「くどいとゆうとるのが、わからんのかいな。儂のいうことが聞けんのなら、お前をここで始末してもかまへんのやで」

番頭頭の浅右衛門が匕首を抜いた。

ひと言も喋らず、半眼になったまま表情ひとつ変えないこの男は、すでに何十人も人を殺めてきた殺し屋と、周五郎の本能が悟らせていた。

「わ、わかったから、その匕首を引っ込めさせてえな」

周五郎は額に浮いた冷や汗を袖で拭った。

「わかりゃええんや。あくまで計画通りや。明日からひと月、お前たちは毎日吉原で暴れ放題や。かっぱらいに強盗、殺しもありや、ええな」

「本当に、何をしてもええんやな」

「ああ、火付け以外はな。しっかり頼んだで」

長治郎はそういって立ち上がると、浅右衛門とともに部屋を出た。

昼近くなると、金吾の指示を受けた配下のヤクザが、町人姿で続々と品川宿に入ってきた。

老夫婦に若夫婦、子供もいれば娘もいる。

それと同時に、品川宿の街道沿いの店からは、満面の笑みを浮かべた男女が、次々と高輪に向かって北上を始めた。

「問題はねえようだな」

「万事予定通りです」

独り言のように呟いた金吾に、代貸しの伊蔵が答えた。

「よし、俺たちはこのまま、そこの『芝浜屋』にいる周五郎に会うぜ」

「へい」

金吾と伊蔵は「芝浜屋」の暖簾を潜った。

仲居に案内された部屋には、周五郎がひとりで茶を飲んでいた。

「なんだ、金吾じゃねえか」

「なんだとはご挨拶じゃねえか」

金吾と伊蔵は周五郎の前に座った。

「なんやとう？」

「何がなんやだ。手めえが昨日の暮れ六つ、三十人の子分をうちに寄越すというから待っていたら、夜中になっても誰もきやしねえ。しかも今朝まで待っても、手めえからは梨の礫とはどういう了見でい。手めえの返答次第じゃ……」

金吾の隣に座っていた伊蔵が片膝を立て、懐の匕首を覗かせた。

「そ、それが儂もわからんのや。若衆頭の源五郎以下三十人、確かに昨日、内藤新宿に向かったんやが、今朝方、全員の生首が塩漬けにされてここの店先に積まれていたんや」

「三十人分の生首だと」

「そうや。あれは絶対に風魔の仕業や」

周五郎は全身を小刻みに震わせていた。

生首を見た直後は、沸き立つような怒りに打ち震えたが、目の当たりにした風魔の恐ろしさに、周五郎は完全に怯えていた。

「おいおい、その風魔に勝算があるからこそ、俺たちを巻き込んだんじゃねえのか」

「しょ、勝算は大有りやで」

「ほう、その勝算の裏付けを教えてもらおうじゃねえか。昨日、うちに草鞋を脱いだ上総と武蔵の渡世人が、口をそろえて風魔の十代目は生きてるなんていってるんだ。俺たちが確かめたわけじゃねえが、そういう意味じゃ死体を見ていねえのも確かだからな。もし噂通り、十代目が生きているとしたら、俺たちは抜けさせてもらうぜ」

「なにをゆうとるねん。儂らの仲間に狙撃され、十代目が倒れたところを見た者が何人もおるんや」

「そうかい、それならいいんだがな。それからいっておくが、俺に用があるときは、手めえが内藤新宿まできやがれ。それだけだ。伊蔵、帰るぞ」

金吾は周五郎の返事も聞かずに立ち上がると、さっさと部屋を出た。

「ガキが、調子に乗りおって……」

周五郎は苦虫を嚙み潰したような顔で、金吾たちの背中を見送った。


その頃、良仁堂では、今宵の決戦を前に虎庵も、桔梗之介も、佐助も、準備に余念がなかった。

「佐助、俺たちは品川までどうやっていくんだ」

虎庵は吉原の刀鍛冶が打ってくれた、新たな龍虎斬を掲げて太陽にかざした。

「皆陸路と海路に分かれて品川に向かいますが、俺とお頭、桔梗之介様、亀十郎と愛一郎は、柳橋で飯を食ったあと、屋形船で品川に向かい、猟師町の手前で船を降りる予定です」

「そうか、幸四郎たちは……」

「奴らは昨夜から品川にいて、ちょうど今頃にはそれぞれの持ち場の宿に入るはずです」

「品川の様子はわかっているのか」

「今朝一番で、獅子丸配下の者が『芝浜屋』の騒ぎを教えてくれました。ただ……」

「ただどうしたい」

「それが生首を見たときは大騒ぎだったらしいんですが、その後は動きも見せずに静かなもんだったそうです」

「そりゃあそうだろう。『丹波村雲党』にしてみれば統領の命をとられた風魔が、逆襲してくることは織り込み済みのはずだ。だからこそ、岸和田一家なんてヤクザを雇ったんだろうからな。その岸和田一家の子分が何人殺されようが、かまわねえってことだろうよ。もっとも、『白菊楼』の件はすでに京に届けられているだろうから、『丹波村雲党』の応援部隊か本隊が、すでに江戸に向かっているはずだ。『芝浜屋』の連中は、その到着を待ってから動くということだろう」

「なるほど、だから今宵が決戦なのですか」

いまさらながら、佐助が感心した。

「なんだ、お前さんはわかっていなかったのか」

「恥ずかしながら、なんでお頭が急いでいるのかわかりませんでした」

佐助は恥ずかしそうに頭を掻いた。

「今日中に皆殺しにして決着をつければ、応援部隊か本隊は『丹波村雲党』の全滅と『芝浜屋』の焼失を知らずに江戸入りすることになる。そして慌てて京に戻ると、そこに生首が届いている。奴らがまともな連中なら、怖じ気づいてしばらくは江戸入りを控えるはずだぜ」

虎庵は龍虎斬を鞘に納めると、ボウガンの矢に丁寧に蛇毒を塗る佐助の脇に座った。

「佐助、お前、今回の戦が終わったら、お雅と祝言を挙げろ」

「はあ?」

「お前だって、お雅の気持ちがわかってるんだろう」

「一応は……」

「だったらいいじゃねえか。あいつは不幸な女なんだ。あの女を幸せにしてやれる男は、お前しかいねえんだからよ」

「でも……」

「煮え切れねえ野郎だな。なんか問題でもあるのか」

「いえ……」

「じゃあ、決まりだ。俺は独り身で仲人はしてやれねえから、あそこの和尚夫妻に仲人は頼んでやる」

「お頭……」

「いいか、だからこんなくだらねえ戦で、絶対に命を落としちゃならねえ。絶対に無傷で帰ってくるんだぜ。よし、お雅にも話してくるからよ」

虎庵はそういって立ち上がり、奥に繋がる木戸を開いた。

するとそこには、顔を朱に染めたお雅が、茶を載せた盆を抱えて立ちつくしていた。

七

夜四つ半少し前、品川宿に集合した風魔の幹部は、手にした時計を見つめた。

まもなく、長針が文字盤の十二と書かれた頂上を指した瞬間、総攻撃が始まる。

佐助が生唾を飲んだ瞬間、長針が十二を指した。

すると虎庵たちが待ちかまえる背後の「東海屋」、「音羽屋」、「品荘」で、バタバタという騒々しい音がした。

怒声、怒号、そして悲鳴。

ほとんど同時に、今度は目前の「芝浜屋」の奥で、

「火事だっ、火事だー」

という長老の声が響いた。

すると各部屋の障子の向こうで、次々と紅蓮の炎が燃え上がるのが見えた。

すでに「芝浜屋」から飛び出した者がいるのか、その周囲から犬を殴打したような悲鳴が何度も上がった。

「芝浜屋」の周囲に潜む風魔が放ったボウガンの矢が、飛び出した者を確実に射殺していることを物語っていた。

背後の旅籠が静けさを取り戻したのは、時計の長針が一の文字を指したときだった。

そして次々と開けられる障子の向こうの闇に、ボウガンを構える風魔の姿が確認できた。

目の前の「芝浜屋」では窓から炎が噴き出し、パチパチと木の爆ぜる音が聞こえ始めた頃、遊女たちの手を握った風魔の商人衆が次々と飛び出した。

一瞬でも「芝浜屋」を取り囲む虎庵たちにひるんだ者には、容赦なくボウガンの矢が打ち込まれた。

「お頭、商人衆三十二名、全員脱出に成功しました」

「遊女たちはどうだ」

「はい。三十二名と禿が十名、商人衆とともに亀十郎隊が待つ御殿山に向かいました」

「そうか」

床机に腰掛けていた虎庵が立ち上がろうとしたとき、「芝浜屋」の二階から次々と爆発音がした。

「逃げるんやっ！」

怒声とともに、「芝浜屋」の名入りの半纏を着た者と、いかにも人相の悪いヤクザ風の男たちが、次々と飛び出した。

「撃ていっ！」

佐助の号令が響くと、立て膝でボウガンを構えた風魔の水平射撃と、向かいの旅籠の二階の闇から放たれたボウガンの矢が、次々と男たちを襲った。

次々とハリネズミのようになった男たちの死体が折り重なり、うずたかい死体の山が築き上げられていった。

「撃ち方止めいっ！」

佐助の号令とともに、大爆発をおこした「芝浜屋」の屋根が轟音とともに崩れた。

高価そうな立派な瓦を葺いた重そうな屋根が、二階から一階の屋根になり、ミシミシと不気味な音をたてている。

するとそこに、顔を真っ黒にした「芝浜屋」の主長治郎と番頭頭の浅右衛門、周五郎が飛び出し、モウモウと白い湯気を立てて小便を漏らした。

三人は小便の池の中で土下座し、必死の命乞いをした。

それを見た虎庵がついに立ち上がった。

「周五郎、地獄から甦ってきたぜ」

「ふ、風魔小太郎、なんでお前が生きとるんや」

虎庵を指さす周五郎を見た長治郎と浅右衛門の顔が歪んだ。


その頃、幸四郎がいる「東海屋」の屋根から、下の様子を窺っている四人組がいた。

「鞍馬死天王」の四兄弟だった。

「辰兄い、風魔の残虐さは噂で聞いていたが、凄まじいもんやな」

「寅次郎、黙れっ！」

「辰兄い、見たか？　あれは風魔小太郎や、なんで生きているんや」

三男の雀右衛門がいったとき、轟音とともに「芝浜屋」の屋根が完全に崩れ落ちた。

そして佐助が右手を挙げると、無数の短い矢が周五郎たち三人を急襲した。

虎庵は三人の死体に歩み寄り、その死を確認すると猛獣のような雄叫びを上げた。

それを聞いた風魔が勝ち鬨を上げ、次々と東海道を江戸方面に走った。

「あの短い矢を飛ばす武器はなんや」

「亀松、いいから逃げるんや」

辰吉は亀松の袖を掴んで、無理矢理屋根から飛び降りた。

四人は風魔とは逆方向、川崎に向かって東海道を疾走した。

ほどなくして品川橋に差し掛かったところで、四人は一斉に異様な殺気を察して立ち止まった。

「辰兄い、なんだこれは」

「寅次郎、橋の向こうだ」

辰吉が大刀を抜いて身構えたとき、抜き身を肩に担いで歩く着流しの男が姿を現した。

角筈一家の金吾だった。

そしてその背後には、数十名の子分たちが身構えている。

「おうおう、お前さんたちを黙って京に帰すわけにはいかねえんだ」

後じさった四人が振り返ると、なんとそこには逃げたはずの虎庵と桔梗之介、佐助、幸四郎、獅子丸の五人が立ちはだかっていた。

「ち、不覚やったな」

「鞍馬死天王」はそれぞれの得物を手にすると、道幅一杯に広がった。

大刀を構えた辰吉の前に虎庵が進み出た。

鎖鎌を持った寅次郎の前には幸四郎が立ちはだかり、大槍を持った雀右衛門の前には桔梗之介が立ちはだかった。

するとその隙に、鉄砲を背負った亀松が走り出し、近くにあった火の見櫓にするするすると登り始めた。

「あの野郎……」

佐助と獅子丸がボウガンを構え、次々と矢を放った。

だが毒矢は櫓の柱にことごとく阻まれ、亀松を捉えることができなかった。

最初に動きを見せたのは大槍を構えた雀右衛門だった。

次々と繰り出される突きを桔梗之介は背後に飛び、ことごとくかわした。

「その鎌槍、宝蔵院流か」

大刀を抜いた桔梗之介は、雀右衛門の突きを大刀で払いながら懐に飛び込むと、朱に塗られた槍の柄を左脇に挟み込んだ。

「槍遣いは、懐に入られると惨めだな」

桔梗之介はいうなり、雀右衛門が握る柄に大刀を振り下ろした。

切断され、雀右衛門の手を離れた槍の柄が、クルクルと回転しながら宙を舞った。

「お命頂戴っ！」

桔梗之介は気合とともに、雀右衛門の喉元に渾身の突きを放った。

雀右衛門の瞳に怯えが走り、口から大量の鮮血を吐き出した。

「雀右衛門！」

次男の寅次郎が叫びながら、旋回させていた分銅鎖の経を瞬時に広げた。

分銅が幸四郎の死角に入ったことを確認した寅次郎が、瞬時に手首を返すと、分銅鎖は蛇のようにくねりながら幸四郎の首に巻き付いた。

「し、しまった」

じわじわと首を締め上げる鎖を両手で掴んだ幸四郎は、じりじりと引き寄せられた。

そのとき、幸四郎の危機を見ていた佐助の脳裡に、

「俺たちは武士じゃねえ。卑怯も汚いもねえ」

という虎庵の言葉が甦った。

佐助は最後の矢をボウガンにつがえると、寅次郎の眉間に照準を定めた。

そして一気に引き金を絞った。

猛烈な勢いで発射された矢は、糸を引きながら吸い込まれるように寅次郎の眉間に突き刺さった。

「ひ、卑怯な……」

寅次郎の瞳がゆっくりと上瞼に吸い込まれ、その場に両膝を突いた。

とそのとき、獅子丸が火の見櫓で点滅する蛍火のような灯りに気付いた。

「佐助兄、火の見櫓の上に蛍が……」

「馬鹿野郎、あれは火縄の火だ。さっさとあの野郎を撃ち殺せっ！」

「でも、もう矢がありません」

「しまった」

佐助が虎庵を振り返ったとき、虎庵は龍虎斬をまさに抜きはなったところだった。

「お頭、火の見櫓っ！」

火の見櫓からの狙撃を予測していた虎庵は、身巾二寸の龍虎斬を垂直に立て、あえて火の見櫓を向いた。

虎庵の心臓は幽齋から譲り受けた鎖帷子で防御されているし、体の中心に集中した急所を護れば、狙撃されたとしても即死するわけではない。

最初の狙撃をかわしさえすれば、狙撃手の居場所を特定でき、あとは狙撃手が二発目の弾丸を装填するまでに、斬撃をくわえるだけのはずだった。

だがいまは、目の前に敵がいる。

この敵をかたづけないかぎり、次々と狙撃を受けるのは自明の理だった。

ついに火の見櫓の上で閃光が走った。

弾丸は龍虎斬に命中し、構えた虎庵の両腕に痺れるような衝撃が走った、

「佐助、獅子丸っ！」

虎庵の声を聞く前に、佐助と獅子丸は火の見櫓に向かって走った。

とそのとき橋の向こう側から、さっきの狙撃を上回る轟音が鳴り響いた。

そして火の見櫓の上にいた亀松が頭から落下して地面に激突した。

「幽齋殿……」

虎庵は金吾の手下がひしめく中で異常に長い鉄砲を担ぎ、右手を挙げて立ち去る幽齋の姿を認めていた。

「キエーッ！」

怪鳥のような気合とともに、宙空高く舞い上がった虎庵は瞬時に龍虎斬をばらし、二本の直刀を鋭く回転させながら地上に舞い降りた。

背後を見せた虎庵に、大刀を八双に構えた辰吉は一気に一の太刀を放った。

振り返りざまに右手の直刀で辰吉の大刀を払い、その勢いのまま体を反転させた虎庵の左手の直刀が閃光のように輝き、辰吉の耳下に食い込んだ。

虎庵は左手の直刀を引き抜かずに、そのまま右手の直刀を辰吉の顎下から突き上げた。

直刀の切っ先は辰吉の脳を破壊しながら、頭頂部に突き出た。

虎庵が右手の直刀を一気に引き抜くと、白目を剥いて口から赤い泡を噴き出した辰吉は、その場に倒れた。

「終わったな」

虎庵は目にも留まらぬ早業で龍虎斬を組むと、背負った黒革の鞘に納めた。

翌朝、日本橋の呉服屋を名乗る商人が、大荷物を載せた荷車とともに良仁堂を訪れた。

寝惚け眼で玄関に出た佐助は、わけがわからぬまま奥の部屋に通すと、そこにはすでに別の呉服屋が持ってきた白無垢を羽織るお雅がいた。

「佐助、どうだ。美しいじゃねえか」

お雅の足下で胡座をかき、お雅を見上げていた虎庵がいった。

「先生、もう一軒、日本橋の呉服屋が大荷物を持ってきましたが」

「おう、そいつはお松の分だ。どれどれ、こっちの部屋についてこい……」

虎庵は呉服屋の背中を押して隣の部屋に向かった。

そして、

「亀十郎、お松、なにやってんだ。早くこっちに来い」

と怒鳴った。

顔を真っ赤にした亀十郎とお松が顔を見合わせ、慌てて隣の部屋に向かった。

「まったく、なんの騒ぎなんだ」

佐助が舌打ちして襖を閉めると、背中で蚊の鳴くような声が聞こえた。

「え？」

佐助が振り返ると、白無垢を羽織ったまま三つ指をついたお雅がもう一度いった。

「佐助、ありがとう……」

お雅の大きな目から、涙がこぼれ落ちた。

目から溢れ出る熱い涙と、濡れた手の甲を隠すように、お雅が深くお辞儀をした。

「おお、こいつあ、お松にぴったりじゃねえかっ！」

隣の部屋から虎庵がはしゃぐ大声が聞こえた。

佐助はお雅の前に座ると三つ指をついた手を取り、見上げた顔の涙を拭った。

「俺の方こそ、よろしくな」

そうして華奢なお雅の肩を抱くと、たまたま襖を開けてしまった愛一郎が、慌てて襖を閉めた。


（了）

本作品は当文庫のための書き下ろしです。

文芸社文庫

千両首　風魔小太郎血風録

二〇一六年十月十五日　初版第一刷発行

著　者　安芸宗一郎
発行者　瓜谷綱延
発行所　株式会社　文芸社
〒一六〇-〇〇二二
東京都新宿区新宿一-一〇-一
電話　〇三-五三六九-三〇六〇（代表）
〇三-五三六九-二二九九（販売）

印刷所　図書印刷株式会社
装幀者　三村淳

ISBN978-4-286-18041-0

［文芸社文庫　既刊本］

トンデモ日本史の真相　史跡お宝編
原田　実

日本史上の奇説・珍説・異端とされる説を徹底検証！　文庫化にあたり、お江をめぐる奇説を含む2項目を追加。墨俣一夜城／ペトログラフ、他

トンデモ日本史の真相　人物伝承編
原田　実

日本史上でまことしやかに語られてきた奇説・珍説・伝承等を徹底検証！　文庫化にあたり、「福澤諭吉は侵略主義者だった？」を追加（解説・芦辺拓）。

戦国の世を生きた七人の女
由良弥生

「お家」のために犠牲となり、人質や政治上の駆け引きの道具にされた乱世の妻妾。悲しみに耐え、懸命に生き抜いた「江姫」らの姿を描く。

江戸暗殺史
森川哲郎

徳川家康の毒殺多用説から、坂本竜馬暗殺事件の謎まで、権力争いによる謀略、暗殺事件の数々。闇へと葬り去られた歴史の真相に迫る。

幕府検死官　玄庵　血闘
加野厚志

慈姑頭に仕込杖、無外流抜刀術の遣い手は、人を救う蘭医にして人斬り。南町奉行所付の「検死官」が、連続女殺しの下手人を追い、お江戸を走る！